18!

WAS DU DARFST, WAS DU MUSST, WAS DU KANNST

HERAUSGEGEBEN VON:

SPIESSER
die jugendzeitschrift

AUTORIN:

Katja Schönherr

Mitarbeit: Jürgen Demacker, Julia Müller (Interviews), Florian Steglich, Thomas Trappe (Kolumnen), Anke Wolf

Die in diesem Buch enthaltenen Hinweise und Tipps zu rechtlichen, finanziellen und sonstigen Fragen (Stand: November 2009) sind von den Autoren und dem Verlag mit größter Sorgfalt recherchiert und erarbeitet worden. Die Richtigkeit und Vollständigkeit der Informationen in diesem Buch kann jedoch nicht garantiert werden. Die Eichborn AG und ihre Beauftragten übernehmen keine Haftung für eventuelle Nachteile im Zusammenhang mit den in diesem Buch gegebenen Ratschlägen und Informationen. Bitte beachten Sie auch, dass die hier ausgesprochenen Empfehlungen lediglich allgemeine Angaben darstellen. Sie ersetzen nicht rechtliche Beratung durch einen Rechtsanwalt im Einzelfall.

2. Auflage 2011

Umschlaggestaltung: Christiane Hahn
Layout und Illustrationen: Irma Schick Design, www.irmaschick.com
Druck und Bindung: FVA, Fulda
ISBN 978-3-8218-6521-8

FSC © Mix
Produktgruppe aus vorbildlich bewirtschafteten Wäldern, kontrollierten Herkünften und Recyclingholz oder -fasern
www.fsc.org Zert.-Nr. SCS-COC-001554
© 1996 Forest Stewardship Council

Eichborn Verlag, Kaiserstraße 66, 60329 Frankfurt am Main
Mehr Informationen zu Büchern und Hörbüchern aus dem Eichborn Verlag finden Sie unter www.eichborn.de

Inhalt

KAPITEL 4

TEIL 2

KAPITEL 1

KAPITEL 2

KAPITEL 3

KAPITEL 4

VORWORT

Familienfeier. Torte, Kaffee und Kuchen – das Übliche eben. Aber etwas ist anders heute, an eurem 18. Geburtstag. Denn noch mehr als sonst prasseln Anekdoten aus eurer Kindheit auf euch ein.

Oma: „Wie süß du als kleines Kind warst!"

Mama: „Ich konnte mich gar nicht so schnell umschauen, wie du groß geworden bist. Und jetzt bist du schon 18."

Papa: „Da warst du zehn. Da hast du zu einem Verkäufer gesagt: ‚Du, dein Hosenstall steht offen.' Der ganze Laden hat gebrüllt vor Lachen."

Tante: „Erinnerst du dich noch an das braune Piratenkostüm, das ich dir für Fasching genäht habe?"
Und so weiter und so fort.

Eure gesamte Verwandtschaft guckt irgendwie wehmütig drein an diesem Tag, während ihr nichts anderes im Kopf habt als die Geburtstagsparty mit euren Freunden. Das „richtige" Feiern also.

Ihr seid jetzt endlich 18. Es ist gar nicht so lange her, da habt ihr noch genervt die Tür vor euren Eltern zugeknallt und – als ihr die Musik lauter drehtet – gedacht: „Ich will endlich 18 sein und machen, was ich will." Hey! Jetzt ist es so weit. Freiheit!

Für euch fängt jetzt ein neues Leben an: Ihr werdet von zu Hause ausziehen, vielleicht in einer anderen Stadt studieren, euch ein Auto kaufen oder ins Ausland gehen. Natürlich wird nun nicht alles anders. Aber Vieles. Dieses Buch soll euch einen Überblick geben über die wichtigsten Schritte, die ihr als nächstes gehen könnt. Dabei werden leider immer wieder einige Fallen auf euch zukommen, und ihr werdet euch zunehmend mit umständlich-bürokratischen Dingen herumschlagen müssen. Etwa Versicherungen oder Steuererklärungen, um nur zwei der unangenehmen Beispiele zu nennen. Dieses Buch kann euch den Aufwand und die Entscheidungen, die damit verbunden sind, leider nicht komplett abnehmen. Was es statt dessen leistet: Es weist euch darauf hin, was ihr beachten müsst, welche Rechte ihr habt und welche Fakten genau zu prüfen sind – bevor ihr diese oder jene Versicherung abschließt, bevor ihr dieses oder jenes Auto kauft etc. Je nachdem, welches Thema euch gerade beschäftigt, lohnt es sich, die entsprechenden Seiten einmal zu lesen. Keine Angst: Mit langen, ausschweifenden Texten werdet ihr nicht bombardiert, sondern kurz und knapp mit dem Wichtigsten versorgt, damit ihr in keine der Fallen rennt. Viele Link-Hinweise erleichtern die Suche nach zusätzlichen Infos im Internet. Außerdem geben ein paar „alte Säcke" ihre Erfahrungen in Interviews preis.

Also: Habt viel Spaß beim Lesen. Und natürlich wünschen euch die Autoren dieses Buches „viel Erfolg auf eurem weiteren Lebensweg" – ganz wie die melancholische Verwandtschaft auf eurer Geburtstagsfeier.

ENDLICH *frei!*

WAS DIE *Freude* TRÜBT

Freiheit – was für ein Wort! Willy, der Wal, wurde befreit. Man selbst von Akne. Ostdeutschland von der Stasi. Und jetzt also die Eltern von euch oder ihr von euren Eltern – je nach Standpunkt.

Normalerweise drehen die Leute ziemlich durch, wenn sie befreit werden: Sie belullern sich vor Freude, schreien und toben, manche feuern Gewehrsalven in den blauen Himmel. Sicher, man fühlt sich irgendwie anders, wenn man aufwacht und 18 ist, aber belullern tut man sich trotzdem nicht. Auch in die Luft schießen die wenigsten. Die Eltern könnten's missverstehen.

Die mangelnde Euphorie ist zu erklären: Die Freiheit, die man mit dem Übertritt ins neue Lebensjahr erlangt, ist abstrakter Natur. Man kann jetzt wählen. Man kann jetzt Auto fahren. Man kann Schnaps kaufen, soviel man will. Man kann also jetzt besoffen ins Wahllokal fahren, den Direktkandidaten überfahren und dann in den Knast kommen. Nicht richtig sexy, oder?

Ganz arme Schweine verlieren mit dem 18. Geburtstag sogar ein bisschen Freiheit – wenn sie nämlich die ersten im Freundeskreis sind, denen es passiert. Dann wird der Führerschein zur Chauffeurs-Verpflichtung, und die Dame im Supermarkt guckt ganz betreten, weil man schon wieder zehn Liter Nordhäuser Doppelkorn aufs Kassenband legt – im Hintergrund die unschuldig dreinschauende, minderjährige Gang mit dreckigem Gedankengut.

Ein weiteres Problem der viel gerühmten 18 liegt darin, dass man selbst sich zwar meilenweit erwachsener fühlt als vorher, das Umfeld aber, also vor allem die Familie, dies weitgehend ignoriert. Die Mutter kommt nicht seltener ins Kinderzimmer (!) gestürmt und fordert, dass hier endlich mal wieder aufgeräumt wird, „sieht ja aus wie bei Hempels unterm Sofa". Die Oma – die auch nicht jünger wird – lässt es sich selbstverständlich auch weiterhin nicht nehmen, den Kopf des Enkels zu tätscheln, einem peinliche Pullover zu stricken oder zu fragen, ob man denn eigentlich „schon mal Haschisch gespritzt hat".

Hat man hoffentlich nicht, würde es in solchen Momenten aber gerne tun. Und wenn dann auch noch die hippe Tante kommt und der Nichte oder dem Neffen mit einem verschwörerischen Lächeln eine Packung Rossmann-Kondome schenkt, wünscht man sich nicht selten zurück in die Zeiten, als man noch nicht merkte, dass man in der Addams Family aufwächst.

Aber halt! Nicht alles war früher besser und wird mit 18 schlechter. Reden wir also von der Zeit, in der man wirklich frei wird und das Elternhaus verlässt. Denn von diesem ersehnten Zeitpunkt an bedeutet Freiheit vor allem den Verlust einer „Bewertungsinstanz", die vorher allgegenwärtig war: die Eltern. War es im trauten Heim noch unhöflich, die Füße auf den Tisch zu legen, wird es im neuen Loch (keine andere Bezeichnung verdient die erste eigene Bude) geradezu notwendig, weil ja sonst die Socken vollkommen verdrecken von dem Schmodder auf dem Boden. Und Fakt ist nun mal, dass irgendwann die Küche stinkt und das Bad sich nicht mehr wäscht. Die Eltern können diesen dreckigen Zustand nicht mehr hinterfragen oder gar kritisieren, und einem selbst erscheint er völlig akzeptabel. Bis der freiheitsliebende 18-Jährige dann schließlich merkt, wie heruntergekommen er ist, ist er meist schon 25. Diese Phase ist so etwas wie ein sich hinziehendes Dauer-in-die-Luft-Ballern, das unbedingt genossen werden muss! Danach ist nämlich Schluss, dann heißt es tatsächlich: Erwachsensein. Die Exzesse werden dann den Jüngeren überlassen. Doch bis dahin sind ja zum Glück noch sieben Jahre Zeit.

RAUS VON *Zuhaus*

Dass es an der Zeit ist auszuziehen, ist oft keine Erkenntnis, die in häuslicher Harmonie reift. Abgesehen von den Fällen, in denen Job oder Ausbildung jemanden in eine andere Gegend verschlagen, ist es häufig Streit, der den Entschluss reifen lässt: Raus hier!

Glaubt aber nicht, euren Eltern ginge es dabei auch nur einen Deut anders. Im Grunde genommen ist die Sache ganz einfach: Eure Eltern können nicht mehr, und ihr, ihr wollt nicht mehr. Eltern beanspruchen im gleichen Maße Ruhe für sich wie ihr Freiraum für euren Spaß. Es geht nun mal nicht, mit dem gesamten Deutsch-Leistungskurs gegen Mitternacht in der Familienküche aufzukreuzen, Nudeln für alle zu kochen, dabei Eminem zu hören – und so euren Eltern den ersten Sex seit drei Monaten zu verderben! Ihr werdet aber sehen: Einige Zeit nach dem Auszug ist es dann wieder ganz nett, mal daheim vorbeizuschauen. Und euer Lieblingsessen schmeckt dann besser als je zuvor.

EINE EIGENE WOHNUNG SUCHEN

Entweder ihr studiert die Anzeigen genau, die ein bis zwei Mal pro Woche in der Tageszeitung oder den kostenlosen Anzeigenblättern einer Stadt stehen, oder ihr sucht nach Wohnungsangeboten im Internet. Da gibt es Wohnungsbörsen, die Webseite der Tageszeitung oder des Stadtmagazins und natürlich auch Maklerangebote. Gefällt euch ein Angebot: Einfach anrufen und einen Besichtigungstermin vereinbaren. Bei der Besichtigung – am besten jemanden mitnehmen, der Erfahrung hat – solltet ihr gründlich in jede Ecke gucken und horchen, ob das Umfeld zu laut ist. Falls es Mängel (undichte Fenster, Risse in den Fliesen, feuchte Stellen) gibt: Unbedingt beanstanden! So kann man den Mietpreis nach unten drücken oder die Beseitigung der Mängel auf Kosten des Vermieters erreichen. Manchmal lassen Vermieter auch mit sich reden, wenn man lieber Laminat statt Teppich haben will oder ähnliche Wünsche hegt. Aber wirklich nur manchmal.

Makler verlangen meist eine so genannte Makler-Courtage als Honorar für ihre erfolgreiche Vermittlung. In Städten wie München, in denen der Wohnungsmarkt eng ist, kann diese Courtage zwei Kaltmieten betragen. Sicher ist, dass ihr eine ***Kaution*** an den Vermieter abdrücken müsst, die ihm als Sicherheit für eventuell von euch verursachte Schäden dient. Sie beträgt in der Regel zwei bis drei Kaltmieten. Spätestens sechs Monate nach Auszug aus der Wohnung solltet ihr die Kaution zurückbekommen, sofern ihr keine Schulden beim Vermieter (zum Beispiel Außenstände bei den Nebenkosten) mehr habt.

In der Zwischenzeit muss der Vermieter das Geld für euch anlegen, so dass dann sogar ein paar Zinsen für euch herausspringen.

Bei der Wohnungswahl solltet ihr auch die ***Lage*** und die ***Infrastruktur*** gründlich bedenken! Kurze Wege sind das Geheimnis. Wenn ihr kein Auto besitzt, sollte die nächste Haltestelle öffentlicher Verkehrsmittel nicht weit entfernt liegen. Komfortabel und ruhig im Grünen zu logieren, mag großartig sein. Kartoffeln und Bier zwei Kilometer vom nächsten Supermarkt bis nach Hause zu schleppen, macht dann aber schnell weniger Spaß. Ganz schlecht wohnt es sich übrigens über Kneipen, unter Fitnessstudios, neben Schulen, an Autobahnzubringern, in Industriegebieten und neben einem frisch verliebten Pärchen.

Und noch etwas: Betretet ihr bei der Wohnungssuche einen Hausflur, in dem vier Kinderwagen und sechs Tretroller stehen, sollte euch klar sein: Hier ist ab 19 Uhr Schluss mit lustig und dafür ab 6 Uhr früh Remmidemmi! Für Parties und nachfolgendes Ausschlafen sind WG-Häuser dann doch besser geeignet.

Tipp

Viele Vermieter sind skeptisch, ob ein junger Mensch auch willens und in der Lage ist, seine Miete ordentlich zu zahlen. Als Schüler, Student oder Azubi kriegt man dann schnell eine Absage. Gut gekleidet – also nicht in zerfetzten Jeans – zu erscheinen, ist deshalb von Vorteil. Außerdem hilft meist eine formlose Bürgschaft der Eltern. Darin wird bestätigt, dass sie notfalls für eure Miete, die Kaution und eventuelle Schadensersatzansprüche aufkommen.

KURZ & KNAPP

Von Mietinteressenten verlangen Vermieter meist eine Selbstauskunft, um deren Zahlungsfähigkeit einschätzen zu können. Fragen nach dem Nettogehalt oder dem Arbeitgeber sind dabei zulässig. Wenn der Vermieter aber Dinge wissen will, die über das Mietverhältnis hinausgehen, so müsst ihr nicht wahrheitsgemäß antworten. Daraus entstehen euch dann auch keine Nachteile. Unzulässig sind beispielsweise Fragen danach, ob ihr Mitglied in einem Mieterverein seid, einen Freund oder eine Freundin habt oder Nachwuchs plant.

MIETE UND MIETVERTRAG

Der Regelfall wird sein, dass ihr in eine Mietwohnung zieht. Das heißt, ihr müsst jeden Monat Miete zahlen. Im Rathaus und auf der Webseite der Stadt gibt es einen ***„Mietspiegel“***, der die Durchschnittspreise je nach Wohnlage und Ausstattung auflistet. So könnt ihr ganz einfach beurteilen, ob die verlangte Miete für eine bestimmte Wohnung angemessen ist.

In Mietverträgen ist von ***Kaltmiete*** und ***Warmmiete*** die Rede: Die Kaltmiete ist der Preis, den man für die Nutzung der nackten Räume zahlt. Die Warmmiete enthält zusätzlich die ***Nebenkosten*** wie Heizung, Hausmeister, Straßenreinigung, Wasser, Müllabfuhr, Fahrstuhl. Dazu kommt noch die Rechnung für den Strom, den ihr in der Wohnung verbraucht. Die mit der Miete im voraus zu zahlenden Nebenkosten werden geschätzt oder einfach in der Höhe des Vorjahres angesetzt. Sind die Nebenkosten zu niedrig angesetzt – möglicherweise sogar absichtlich –, wird euch irgendwann eine deftige Nachzahlungsrechnung ins Haus flattern. Versucht deshalb, vor Abschluss des Mietvertrags die realistischen „Warmpreise“ pro Quadratmeter in dieser Gegend herauszufinden. Es nutzt ja nichts, ein Jahr lang eine scheinbar spottbillige Miete zu zahlen und dann eine erschreckend hohe Nachzahlung überweisen zu müssen. In jedem Fall ist es wichtig, der Nebenkostenabrechnung große Aufmerksamkeit zu widmen und beispielsweise eure Rechnung mit der jener

Nachbarn zu vergleichen, die mit der gleichen Zahl von Leuten in einer etwa gleich großen Wohnung leben. Sind die Unterschiede im Rechnungsbetrag groß, dürft ihr misstrauisch sein. Oft sind nämlich auch Sachen in die Rechnung eingeflossen, die ihr laut Mietrecht gar nicht zahlen müsst – selbst dann nicht, wenn es im Mietvertrag steht. Also aufpassen! Bei Unklarheiten das Mietrecht lesen oder den örtlichen Mieterschutzbund fragen.

Lest euch, bevor ihr den Vertrag schließlich unterschreibt, wirklich alles genau durch! Absurde Vorschriften wie „Duschen nach 18 Uhr verboten!“ sind nicht zulässig und sollten im Vertrag geändert bzw. gestrichen werden. Geht es hingegen um das Halten von Haustieren, Schlagzeugspielen um Mitternacht oder die Zahl eurer Untermieter, dann hat euer Vermieter sehr wohl das Recht mitzureden.

„Schönheitsreparaturen“ wie das Tapezieren oder Streichen der Wände sind dem Gesetz nach erstmal Sache des Vermieters. Wenn aber im Mietvertrag eine entsprechende „Schönheitsreparaturklausel“ steht, müsst ihr bei Auszug renovieren. Generell solltet ihr darauf achten, wie die Renovierung der Wohnung im Vertrag geregelt ist. In den meisten Fällen muss die Wohnung entweder bei Einzug oder bei Auszug renoviert werden. Die Kündigungsfrist beträgt übrigens immer drei Monate. Sämtliche Rechtsfragen werden im Internet ausführlich behandelt. Mit Suchmaschinen wie „Google“ kommt ihr schnell ans Ziel.

Beim Einzug wird ein ***Übergabeprotokoll*** erstellt. Sorgt dafür, dass akribisch jeder noch so kleine Mangel der Wohnung darin aufgenommen wird. Damit verhindert ihr, später schuldlos für den Riss in einer Fliese oder Ähnliches verantwortlich gemacht zu werden. Machen sich im Laufe der Mietzeit noch Mängel bemerkbar, habt ihr unter Umständen Anspruch auf Beseitigung oder auch auf Mietminderung. Etwa, wenn vor eurer Wohnung wochenlang ein Schlagbohrer hämmert. Und noch etwas: Teilt euch der Vermieter eine Mieterhöhung mit, solltet ihr schnell prüfen, ob diese überhaupt legal ist. Eine ***Mieterhöhung*** ist frühestens nach einem Jahr und auch dann nur in begrenzter Höhe zulässig.

LINKS

www.internetratgeber-recht.de (juristische Themen in alphabetischer Reihenfolge, „Mietrecht" ins Suchfeld eingeben)

www.mieterbund.de (klickt auf „Recht" und dann auf „Stichworte", dann erscheint ein Mietrecht-ABC)

www.mieterschutzbund.de (Webseite des Mieterschutzbundes)

www.mieter-themen.de (zahlreiche Beispielfälle)

www.schoenheitsreparaturen.de (zur Rechtslage in Sachen „Renovierung")

DAS WG-LEBEN

In einer WG zu wohnen, ist oft billiger, als gleich in die erste eigene Wohnung zu ziehen. Man teilt sich die Kosten für gemeinsam genutzte Räume wie Küche, Bad und Flur, was die Sache günstiger macht. Mehrere Zeitschriftenabos werden möglich. Und nicht zuletzt lernt man auch schneller Leute in einer fremden Stadt kennen.

Der Aufnahme geht meist ein ***„WG-Casting"*** voraus. Da sitzen etwa fünf Leute auf einem Sofa, schauen euch an und wollen wissen, ob ihr nett seid und zu ihnen passt. Das Ganze ist aber halb so wild: Wenn ihr euch ganz normal verhaltet, interessiert und humorvoll Fragen stellt und vor allem nicht stundenlang bleibt, ohne dass noch etwas zu sagen wäre, dann habt ihr soeben eure neuen Mitbewohner kennengelernt. Es sei denn, ihr selbst findet die Hausherren eher komisch und wollt da nicht einziehen.

KURZ & KNAPP

Wichtige Fragen für das WG-Casting:

- Wie hoch ist die Miete für das Zimmer?
- Wie hoch ist die Kaution?
- Warum zieht der Vormieter aus?
- Was machen die anderen tagsüber? (Ist man der einzige Student unter Leuten, die von früh bis spät arbeiten gehen, wird's vielleicht schnell langweilig. Und umgekehrt anstrengend.)
- Wird ab und an gemeinsam etwas unternommen?
- Welche Haushaltsgeräte gibt es schon?

- Was solltet ihr noch beisteuern?
- Wie sieht es aus mit Telefon und Internet? (Es ist eher ungünstig, wenn sich sechs Leute einen Analog-Anschluss teilen.)
- Gibt es einen Putzplan?
- Teilt man sich die Kosten für Lebensmittel, Klopapier und Schimmelentferner?
- Gibt es Haustiere? (wichtig für Allergiker)

Findet ihr keine passende WG, könnt ihr auch selbst eine gründen. Gebt einfach eine Anzeige im Internet auf! Das WG-Leben gehört nämlich zu den Erfahrungen, die ihr – zumindest für eine gewisse Zeit – unbedingt einmal machen solltet, auch wenn euch die Geschirrtürme in der Küche und die dreckige Dusche mal auf den Geist gehen werden.

Wichtig ist: Stört euch irgendetwas am Zusammenleben, sagt es gleich! Wer sowas in sich hineinfrisst, steht irgendwann mit der Stoppuhr vorm Bad, weil es so nervt, dass sich die liebe Frau Mitbewohnerin gerade wieder 45 Minuten lang stylt, während ihr dringend los müsst. Wenn vieles nervt, ist es gut, abends mal alle zusammenzutrommeln und gemeinsam zu kochen. „Störfaktoren" bei einem lustigen Essen anzusprechen, ist jedenfalls besser, als einen Zettel vor die Mitbewohnertür zu legen: „Mach endlich mal die Küche sauber!" Solche freundlichen Hinweise führen selten dazu, dass derjenige direkt zu schrubben beginnt – schon gar nicht, wenn er gerade erst gestresst nach Hause gekommen ist.

LINKS

Sechs empfehlenswerte Online-Immobilienbörsen:

www.immonet.de

www.wg-gesucht.de

www.studenten-wg.de

www.immobilienscout24.de

www.vermietung-online.de

www.immowelt.de

EINZIEHEN

Der Mietvertrag ist unterschrieben, und das Einzugsdatum steht fest – jetzt wird's stressig:

Zeitplan

Klärt, wann die Wohnung frei wird – oft kann man schon ein paar Tage vor Beginn des Mietverhältnisses rein. Kümmert euch rechtzeitig um Transportmittel und Helfer.

Überlegt euch zunächst, bis wann alles gepackt sein muss. Für Umzugskartons könnt ihr viel Geld ausgeben, ihr bekommt leere Kartons aber auch kostenlos von nettem Supermarktpersonal. Besonders gut eignen sich stabile Bananenkisten – vor allem für Bücher. Achtet beim Einpacken darauf, die Kisten klug zu füllen: Also nicht nur schwere Bücher in eine Kiste packen; verteilt die Bücher besser auf mehrere und füllt mit leichteren Sachen auf. Denn der Weg vom Auto bis in die neue Dachgeschosswohnung kann sehr weit sein! Stopft eure Umzugskartons reichlich mit Zeitungen aus. Und schreibt anschließend oben drauf, was drin ist!

Transport

Da euer Hausstand sicher noch recht überschaubar ist, müsst ihr nicht gleich eine teure Umzugsfirma engagieren. Fragt lieber rum, ob euch jemand ein großes Auto leiht und vielleicht sogar selbst mit anpackt. Ziemlich teuer wird's nämlich bei Autovermietungen. Außerdem: Manche Vermietungen verlangen, dass man mindestens 21 Jahre alt und seit mindestens einem Jahr Führerscheininhaber ist. Beachtet auch, dass ihr mit dem Führerschein der Klasse B – dem üblichen PKW-Führerschein – nur Fahrzeuge bis 3,5 Tonnen Gesamtgewicht fahren dürft (mehr zum Thema Führerschein steht ab Seite 33). Für Studenten gilt: Fragt gezielt nach Rabattangeboten. In einigen Städten gibt es auch Car-Sharing-Anbieter, die mit preiswerten „Studitransportern" werben (siehe Links).

LINKS

www.carsharing.de (Seite des bundesweiten Car-Sharing)

www.dbcarsharing.de (Carsharing der Bahn)

www.teilauto.net (Car-Sharing-Agentur in Sachsen, Sachsen-Anhalt und Thüringen)

Renovieren

Bei der Vermietung präsentieren sich Wohnungen gewöhnlich in strahlendem, aber langweiligem Weiß. Wenn ihr es lieber bunt mögt, muss gestrichen werden. Wahrscheinlich hängt noch keine Lampe in eurem neuen Zimmer. Eine kleine Tischlampe, besser eine Arbeitsleuchte (Baumarkt) oder eine schnell eingeklemmte Fassung mit heller Glühlampe, erleichtert das Renovieren, wenn es in die Abendstunden geht. Zum Streichen braucht ihr eine standfeste Leiter, alte Klamotten, Zeitungen oder eine Folie, um den Boden abzudecken, sowie Malerkrepp, um Fenster- und Türrahmen, Fußleisten, Lichtschalter, Steckdosen usw. abzukleben. Außerdem: große und kleine Malerrollen, einen Besenstiel als Verlängerung, Pinsel (besonders praktisch: Heizungspinsel) für Feinheiten, ein Abtropfgitter und natürlich Wandfarbe. Das alles gibt's im Baumarkt, steht aber bestimmt auch im Keller irgendeines Bekannten herum. Leiht euch die Sachen aus und gebt sie einfach sauber und zusammen mit einer Flasche Wein wieder zurück.

Wie viel Farbe ihr braucht? Auf dem Eimer steht, mit wie viel Farbe ihr pro Quadratmeter rechnen müsst. Also: Vorher die zu streichenden Flächen ausmessen! Eure Wunschfarbe könnt ihr euch im Baumarkt aus Farbmustern aussuchen und entsprechend Abtönfarbe mitkaufen. Oder ihr lasst euch die streichfertige Farbe gegen einen kleinen Aufpreis gleich beim Kauf mischen.

Tipp

Denkt schon bei der Farbwahl daran: Wenn ihr irgendwann wieder auszieht, wird euer Vermieter auf eine „konsensfähige" Farbe wie Hellgrau oder Weiß bestehen. Dann kommt das Streichen noch einmal auf euch zu. Und wenn ihr vorher beispielsweise Dunkelblau an der Wand hattet, müsst ihr wahrscheinlich mehrfach streichen, bis die neue Farbe richtig deckt.

Grundriss

Zeichnet euch vor dem Einzug einen Grundriss – auch wenn es nur ein Raum ist – und markiert, wo was stehen soll. Wenn ihr den Plan vor dem Einräumen in der neuen Bleibe aufhängt, stehen eure Helfer später nicht rauchend in der Gegend herum, weil sie nicht wissen, wohin mit dem großen Schrank. „Profis" nummerieren zusätzlich die Gegenstände auf dem Plan und schreiben die Nummern passend auf Möbel, Kram und Kisten.

Be- und Entladen

Ist der ganze Krempel in den Kisten verstaut? Sind Auto und Helfer endlich da? Räumt zuerst Kisten und Kleinkram in den Wagen, dann die Möbel. Schließlich werden die Möbel sinnvollerweise als Erstes in der Wohnung platziert. Die stabilen Sachen kommen nach unten, nach oben könnt ihr bis unter die Decke Kleidersäcke und Kuscheltiere stapeln. Auf jeden Fall gilt: Je mehr Leute beim Schleppen helfen, desto schneller ist das Ganze überstanden, und die Pizza kann bestellt werden.

Umbauten

Hierzu sei gesagt: Die Wohnung gehört euch nicht, das letzte Wort hat also der Vermieter. Für jeden größeren Eingriff in die Bausubstanz (Wände, Boden, Türen etc.) braucht ihr eine schriftliche Erlaubnis. Zudem müsst ihr bei Auszug den „Urzustand" vom Einzug wieder herstellen. Reißt ihr ohne Einwilligung eine Wand heraus, riskiert ihr erhebliche Schadensersatzforderungen und den fristlosen Rauswurf. Die gezahlte Kaution seht ihr dann auch nie wieder. Da die erste eigene Bleibe aber ohnehin meist nur für eine begrenzte Zeit gemietet wird, dürften sich größere Umbauten auch finanziell kaum lohnen.

Bohren und Nageln

Wenn ihr wisst, dass ihr nicht lange in der Wohnung bleiben werdet, beschränkt die Zahl der Bohrlöcher auf das Nötigste. Der Vermieter und/oder der Nachmieter werden bei eurem Auszug nämlich verlangen, dass ihr die Löcher wieder verschließt. Falls ihr trotzdem die neue Bohrmaschine ausprobieren oder ein Bild von Oma an die Wand nageln wollt: Unbedingt erst prüfen, wo die Elektroleitungen in der Wand versteckt sind! Besonders riskante Zonen: senkrecht über und unter Steckdosen und Schaltern sowie waagerecht links und rechts davon. Bei Altbauten ist das aber nicht immer so. Besorgt euch lieber für ein paar Euro einen Leitungsfinder aus dem Baumarkt. Wenn man damit die Wand abtastet, zeigt er durch Piepsen und Blinken die Leitungen an. Unbedingt vor dem Bohren und Nageln den Strom abstellen (Entsprechende Sicherung raus!). Den Strom für die Bohrmaschine kriegt ihr per Verlängerungskabel aus einem anderen Raum. Sind umfangreichere Arbeiten nötig, lohnt sich die Anschaffung eines Heimwerkerbuchs. Und noch ein Rat: Die meisten Papas werden aufblühen, wenn sie euch beim Handwerkeln helfen und das eine oder andere Werkzeug spendieren dürfen.

Die Stiftung Warentest hat ein Buch zum Thema herausgegeben: „Reparaturen zu Hause" (2005 erschienen). Es kostet 20 Euro. Schenken lassen!

Tipp

Strom und Telefon

Den Wasserverbrauch decken zum Glück meist die Nebenkosten ab. Beim Stromversorger müsst ihr euch aber selbst anmelden. Manchmal kann man hier Geld durch günstige Stromanbieter sparen – informiert euch, welche bei euch vor Ort zur Auswahl stehen. Vielleicht legt ihr ja auch Wert auf so genannten „Ökostrom", der aus regenerativen Energiequellen stammt. Auch dafür gibt es inzwischen diverse Anbieter. Bleibt noch, sich irgendwie Wege in die moderne Kommunikation freizuschlagen: Auch wenn der Dschungel der Telefon- und Internettarife schwer zu durchdringen ist, lohnt es sich, einen Blick auf andere Anbieter als die Telekom zu werfen. Gerade für Viel-Surfer tun sich immer neue preiswerte Internetquellen auf. Neben DSL ist auch Internet über TV-Kabel schon in vielen Gegenden möglich. Unter www.teltarif.de findet ihr Vergleiche verschiedener Anbieter sowie die jeweils günstigsten Call-by-Call-Tarife für Telefongespräche.

Tipp

Solltet ihr euch für die Telekom entschieden haben: Für Studenten und Azubis gibt es den „Telefon-Sozialtarif": eine Gesprächsgutschrift von etwa 7 Euro pro Monat, die aber ausschließlich für Gespräche über die Telekom gilt, nicht für andere, womöglich billigere Anbieter. Wer von der GEZ befreit ist und BAföG oder Berufsausbildungsbeihilfe (BAB) erhält, bekommt in der Regel auch den Sozialtarif der Telekom. In jedem Fall lohnt sich das Nachfragen; auf ein umständliches Prozedere zum Nachweisen der „Bedürftigkeit" muss man sich aber einstellen. Für Wohngemeinschaften wichtig: Den Anschluss allein auf denjenigen anmelden, der den Sozialtarif beantragt und auch Anspruch darauf hat.

LINKS

www.stromseite.de (nennt Stromanbieter und -preise nach Region)
www.teltarif.de (zeigt die billigsten Telefonanbieter; der Tarifcheck verrät, mit welcher Vorwahl es sich gerade am besten telefoniert; außerdem Informationen zu allen Arten des Internetzugangs)

Feiern

Der neue Lebensabschnitt muss gefeiert und die Helfer sollen belohnt werden. Am besten, ihr ladet eure Freunde ein, noch bevor der Teppich verlegt und die Glaselefanten-Sammlung sorgsam in der Vitrine aufgereiht ist! Ein paar Kisten Bier habt ihr hoffentlich gleich beim Einzug mit hochgeschleppt. Und ein paar Flaschen Wein und Baguette könnt ihr auch eure Gäste noch mitbringen lassen. Um von Anfang an eine gutes Verhältnis sicherzustellen: Auch die ***Nachbarn*** einladen und im Hausflur ein nettes Zettelchen anbringen mit der Entschuldigung dafür, dass es „etwas laut" werden könnte.

KURZ & KNAPP

Wer frisch von zu Hause ausgezogen ist, schlägt sich in der neuen Küche oft erstmal mit Spaghetti und Tiefkühlpizza durch. Dabei muss man vor dem Kochen wirklich keine Angst haben. Hier schon mal fünf Tipps für mehr Geschmack:

- Suppen, Eintöpfe und Aufläufe schmecken am nächsten Tag doppelt so gut – also macht einfach so viel davon, dass es für mehrere Mahlzeiten reicht!
- Zu Aufbackbrötchen immer eine (hitzefeste) Tasse Wasser in den Ofen stellen. Sie schmecken dann gleich viel frischer.
- Die ewiggleiche Tomatensauce könnt ihr mit einem Löffel Kapern, kleingehackten Oliven oder Sardellen aufmotzen.
- Rührt in Saucen zum Schluss etwas kalte Butter rein – das bindet und schmeckt!
- Frisch geriebener Parmesankäse und frische Kräuter machen aus schlichten Nudelgerichten kleine Festessen.

VERSICHERT WOHNEN

Unter Umständen kommen selbst bei eurer überschaubaren Einrichtung schon ansehnliche Werte zusammen. Falls also in eurer neuen Bleibe wirklich „was zu holen ist", solltet ihr über den Abschluss einer Hausratversicherung nachdenken. Die ersetzt den Schaden, wenn Einbrecher, Feuersbrünste oder Wassermassen eure Wohnung verwüsten. Eine Hausratversicherung kostet pro Quadratmeter etwa einen Euro im Jahr, für eine 30-Quadratmeter-Bude also 30 Euro. Diese Versicherung zahlt allerdings nur, wenn der Schaden nicht selbst verursacht wurde. Für Schäden, die ihr selbst (ungewollt) an fremdem Eigentum anrichtet, ist eine ***Privathaftpflichtversicherung*** vonnöten. Viele Vermieter fordern ohnehin den Abschluss einer solchen als Voraussetzung dafür, dass man einziehen darf.

In der Tat kann einem die Privathaftpflichtversicherung viele Unannehmlichkeiten ersparen: Zum Beispiel, wenn eure alte Waschmaschine ausläuft und das auch der Mieter unter euch zu spüren bekommt … Mehr Infos zur Privathaftpflicht und anderen Versicherungen findet ihr ab Seite 187.

IN DER NEUEN STADT ANMELDEN

Egal, ob eigene Wohnung, WG oder ein Zimmer im Wohnheim – innerhalb von zwei Wochen müsst ihr euch beim ***Einwohnermeldeamt*** eurer neuen Stadt anmelden. Wenn nicht, begeht ihr eine Ordnungswidrigkeit, die euch um einige Euro ärmer machen kann. ***Vordrucke*** gibt es beim Amt, eventuell vom Vermieter oder Makler und auf der Webseite der Stadt. Die könnt ihr ausdrucken bzw. ausfüllen und dann beim Einwohnermeldeamt abgeben. Dort wird auch euer Ausweis aktualisiert. Oft gibt's ein nettes Willkommenspaket mit Infos, Stadtplan und ein paar Gutscheinen. Informiert euch vorher über die Öffnungszeiten des Amts, damit ihr nicht vor verschlossenen Türen steht. Vormittags sind die Wartezeiten in der Regel am kürzesten.

Bevor ihr euch aufmacht, gilt es, noch ein paar Dinge abzuwägen: Ihr habt die Möglichkeit, den so genannten ***Hauptwohnsitz*** bei euren Eltern zu behalten und in der neuen Stadt lediglich einen ***Zweitwohnsitz*** zu beantragen. Für Studenten kann es sich aber lohnen, den neuen Wohnort als offiziellen Hauptwohnsitz zu wählen. Viele Städte locken mit Boni oder anderen Vergünstigungen.

Wichtig, wenn ihr euch für die Variante „Hauptwohnsitz in der neuen Stadt, Zweitwohnsitz bei den Eltern" entscheidet: Viele Städte erheben eine Zweitwohnungssteuer – nach unterschiedlichen Regeln. Meist muss die Steuer nicht gezahlt werden, wenn es sich bei der Zweitwohnung um die Wohnung der Eltern handelt oder man BAföG-Empfänger ist. Erkundigt euch also beim Einwohnermeldeamt eurer alten Heimatstadt, ob eine Zweitwohnungssteuer erhoben wird – und ob diese auch für die Wohnung der Eltern gilt. Wenn das so ist, dann solltet ihr das Geld besser sparen, euren neuen Wohnort als Hauptwohnsitz anmelden und auf den offiziellen Zweitwohnsitz bei den Eltern verzichten.

Übrigens: Da, wo ihr euren Hauptwohnsitz habt, geht ihr auch wählen und habt so beispielsweise bei der Oberbürgermeisterwahl ein Mitspracherecht (mehr zum Thema „Wählen und wählen lassen" ab Seite 174).

KURZ & KNAPP

Lasst euch von all dem nicht verwirren! Im Grunde geht eine Anmeldung in einer neuen Stadt schnell und unbürokratisch über die Bühne. Wenn ihr aber im Vorfeld die folgenden Fragen klärt, müsst ihr euch später nicht darüber ärgern, der Stadt Geld geschenkt zu haben. Welche Anmeldungsvariante am günstigsten ist, hängt von den jeweiligen Bestimmungen ab. Deshalb gilt es, folgende Punkte in Erfahrung zu bringen:

- Welche Vergünstigungen bietet mir mein neuer Wohnort, wenn ich meinen Hauptwohnsitz dorthin verlege?
- Wird dort, wo mein Zweitwohnsitz ist, eine Steuer dafür erhoben? Gilt diese Steuer auch für mich? Obwohl ich BAföG empfange? Obwohl es sich lediglich um die Wohnung meiner Eltern handelt, in der ich eh nur ein kleines Zimmer habe und gar keine Miete zahle?
- Rechnet aus, was am günstigsten ist und entscheidet dann!
- Und jetzt auf zum Einwohnermeldeamt!

POST VON DER GEZ

Ausziehen und frei sein! Dazu gehört auch: Sich den Fernseher endlich nicht mehr mit Eltern oder nervigen Geschwistern teilen zu müssen, die eh immer etwas anderes gucken wollen als man selbst. Ungetrübt bleibt diese Freude allerdings nicht lange. Denn sobald ihr euch pflichtgemäß beim Einwohnermeldeamt angemeldet habt, werden euer Name und die Adresse an eine der wohl unbeliebtesten Institutionen in ganz Deutschland weitergegeben: die GEZ. Hinter diesen drei bösen Buchstaben verbirgt sich die „Gebühreneinzugszentrale der öffentlich-rechtlichen Rundfunkanstalten". Mit den eingezogenen ***Rundfunkgebühren*** werden die öffentlich-rechtlichen TV- und Hörfunksender finanziert. Das sind die ARD inklusive der Radioprogramme, das ZDF, arte, KI.KA,

Phoenix, 3sat und das DeutschlandRadio. Der Gedanke, der dahinter steckt: Die Gebühren sollen sicherstellen, dass es in Deutschland ein gewisses Maß an seriösen Nachrichten, Kultur- und Unterhaltungssendungen gibt.

Auch wenn ihr ausschließlich Privatsender wie Pro 7, Sat1 oder RTL schaut, die sich mit Werbung finanzieren: Sobald ihr einen Fernseher oder ein Radio besitzt, müsst ihr die Rundfunkgebühren an die GEZ zahlen. Und das ist nicht wenig: Drei Monate Radio (auch das Autoradio zählt) kosten etwa 17 Euro, drei Monate Fernsehen und Radio zusammen knapp 54 Euro.

Seit 2007 zahlt man auch für ***Computer mit Internetzugang oder UMTS-fähige Handys*** die Gebühren – weil ja technisch die Möglichkeit besteht, via Internet die „Tagesschau“ zu gucken. Ob ihr das tatsächlich macht oder nicht, ist egal. Die Kosten hierfür: wie beim Radio etwa 18 Euro vierteljährlich. Wenn ihr einen Fernseher angemeldet habt, dann schließt das den Computer, der von der GEZ übrigens als „neuartiges Rundfunkgerät“ bezeichnet wird, bereits ein.

Haben in einer WG alle einen eigenen Fernseher, muss auch jeder einzeln bezahlen. Nur wenn das Radio oder der Fernseher in einem gemeinschaftlich genutzten Raum steht, genügt es, wenn sich einer als so genannter „Rundfunkteilnehmer" anmeldet und zahlt. Die Anteile der anderen kann er sich dann privat geben lassen.

Von der Gebühr befreit werden lediglich BAföG-Empfänger, die nicht mehr bei ihren Eltern leben. Eine ***Befreiung*** ist rückwirkend nicht möglich, und sie muss jedes Jahr neu beantragt werden. Anträge und Anmeldungsformulare findet ihr auf der GEZ-Webseite. In der Regel wird einem die Anmeldung aber automatisch zugeschickt. Wenn ihr darauf nicht reagiert, kommen weitere Schreiben und irgendwann steht der berüchtigte GEZ-Mann vor der Tür, der wissen will, ob ihr einen Fernseher oder ein Radio habt. Wichtig: Die GEZ hat zwar einen Auskunftsanspruch, ihr müsst den Kontrolleur aber nicht in die Wohnung lassen; er hat schließlich keinen Durchsuchungsbefehl.

Übrigens denkt die Politik regelmäßig darüber nach, statt der bisherigen „gerätebezogenen“ Gebühren eine pauschale Abgabe pro Haushalt einzuführen; schließlich kommen immer mehr „neuartige Rundfunkgeräte“ auf den Markt. Bei diesem Thema kann sich also immer mal etwas ändern.

LINKS

www.gez.de (Seite der Gebühreneinzugszentrale, Formulare zum Download)

www.studis-online.de/Studinfo/gez_soz.php (hält über aktuelle GEZ-Befreiungsregeln auf dem Laufenden)

WOHNGELD

Wer eine Wohnung oder ein Zimmer mietet und nicht über genügend Einkommen verfügt, kann beim Sozialamt Wohngeld beantragen. Dabei handelt es sich um einen Zuschuss zur Miete. Wohngeld bekommt man aber nicht, wenn man bereits andere staatliche Hilfen wie beispielsweise Arbeitslosengeld II oder auch BAföG bzw. Berufsausbildungsbeihilfe (BAB) in Anspruch nimmt. Und: Es wird nur „angemessener“ Wohnraum bezuschusst; mit sieben Zimmern für zwei Leute kommt ihr also nicht durch. Für Wohngeld müssen sämtliche Einkünfte belegt werden, auch der monatliche Zuschuss der Eltern oder die Zinsen bzw. Entnahmen aus eigenem Vermögen, also irgendwelcher Sparbücher oder anderer Geldanlagen. Das Gesamteinkommen darf eine bestimmte Grenze nicht überschreiten. Es zählen die Einkünfte aller in der Wohnung lebenden Personen. Wenn ihr in einer WG lebt, müssen also entweder alle wohngeldberechtigt sein, oder es muss sich um eine reine „Zweckgemeinschaft“ handeln. ***Wohngeldrechner***, die verraten, ob ihr berechtigt seid, gibt’s im Internet. Ansonsten beim Sozialamt oder der Stadtverwaltung nachfragen, ob es sich für euch überhaupt lohnt, einen Antrag einzureichen!

LINK

www.bmvbs.de (sucht auf dieser Seite des Bundesministeriums für Verkehr, Bau und Stadtentwicklung nach dem Begriff „Wohngeld“)

KURZ & KNAPP

Wer BAföG, BAB oder sonstige staatliche Hilfen bezieht, hat keinen Anspruch auf den Mietzuschuss „Wohngeld".

Bei einem Antrag auf Wohngeld müsst ihr alle eure Einkünfte offenlegen.

POST NACHSCHICKEN LASSEN

Mit der Anmeldung an eurem neuen Wohnort ändert sich die Adresse nicht nur auf eurem Personalausweis. Wichtige (und auch unwichtige) Post erreicht euch künftig nur, wenn ihr allen wichtigen Stellen und Kontaktpersonen – also euren Ärzten, Versicherungen, Arbeitgeber, Verlagen eurer Zeitschriftenabos, der Bank, Freunden und Verwandten usw. – die neue Adresse mitteilt. Verwenden könnt ihr dafür beispielsweise die vorgedruckten Postkarten und Aufkleber der Post oder vom Einwohnermeldeamt – oder verschickt einfach eine Rund-Mail. Und: Damit euch die nächste Einladung zum Klassentreffen erreicht, richtet ihr am besten zusätzlich einen ***Nachsendeauftrag*** ein. Die Deutsche Post leitet dann für eine bestimmte Zeit Briefe, die noch an die alte Anschrift adressiert waren, weiter an euren neuen Wohnort. Einrichten lässt sich der Nachsendeauftrag in allen Filialen der Deutschen Post sowie auf deren Webseite (sucht dort nach dem Stichwort „Nachsendeservice"). Kosten: Für ein halbes Jahr um die 15 Euro, für ein ganzes etwa 25 Euro.

LINK

www.deutsche-post.de (offizielle Webseite der Deutschen Post)

FÜHRER-SCHEIN

MUSS SEIN

Es gibt Dinge, die muss man einfach haben. Und zwar so früh es geht. Dazu gehört: der Führerschein. Endlich selbst fahren! Abends Muttis Kleinwagen nehmen, und ab geht's in die Stadt!

Wer es ganz eilig hat mit dem Führerschein, sollte sich einmal mit dem Modell „begleitetes Fahren ab 17" beschäftigen, das es inzwischen in allen Bundesländern gibt. Es bedeutet: Ihr könnt den Führerschein mit 17 erwerben, dürft aber immer nur in Begleitung einer bestimmten Person fahren, die erwachsen ist und – natürlich – einen Führerschein besitzt. Das Fahren ab 17 hilft, schon früh Fahrpraxis zu bekommen. Mehr Sicherheit durch mehr Übung, so das Motto.

Ob mit 17 oder 18, ihr wollt jetzt wahrscheinlich den Führerschein der ***Klasse B*** angehen. Damit darf man Kraftfahrzeuge mit einem Gesamtgewicht von maximal 3,5 Tonnen und mit nicht mehr als acht Sitzplätzen außer dem Fahrersitz fahren. Auch kombiniert mit einem Anhänger bis 750 Kilogramm darf das Fahrzeug nicht schwerer als 3,5 Tonnen sein. Zu deutsch: Normale PKW und Kleintransporter.

LINK

www.begleitetes-fahren.de (alle Infos zum Führerschein mit 17)

EINE FAHRSCHULE FINDEN

Hier gilt wieder einmal: Erst kommt der Preisvergleich. Und bei Fahrschulen muss man genau hinschauen. Denn eine Fahrschule, die extrem preisgünstige Sonderfahrten anbietet, will vielleicht für die normalen Übungsstunden richtig viel Geld. Wie viele Fahrstunden ihr – über die vorgeschriebenen Übungsstunden und Sonderfahrten (Autobahn, Nacht) hinaus – bis zur Prüfungsreife brauchen werdet, kann vorher niemand wissen. Der Gesamtpreis kann also nur geschätzt werden. Eine seriöse Fahrschule wird euch keinen kompletten Endpreis nennen können. Erfahrungsgemäß ist es aber unwahrscheinlich, dass ihr mit weniger als 1200 Euro zum begehrten Führerschein kommt, der seit ein paar Jahren kein „Lappen" mehr ist, sondern eine Plastikkarte. Vielleicht könnt ihr ja eure

Eltern davon überzeugen, wie wichtig Mobilität heutzutage doch ist. Wenn das funktioniert, könnt ihr dieses Argument auch später noch einmal verwenden, wenn es um den Kauf eines eigenen Autos geht.

Fragt im Freundeskreis herum, wer mit welcher Fahrschule gute Erfahrungen gemacht hat. In den Gelben Seiten und im Internet findet ihr die Fahrschulen in eurer Nähe.

Vielleicht könnt ihr ja auch unverbindlich eine „Schnupperstunde" vereinbaren, bevor ihr euch für eine Fahrschule entscheidet. In jedem Fall ist es wichtig, dass ihr bei der Festlegung der Termine für Theorie- und Praxisstunden ein Mitspracherecht habt. Nicht, dass ihr dann sämtliche Stunden nicht wahrnehmen könnt, weil ihr zum Fußballtraining oder zum Geigenunterricht müsst.

LINKS

www.gelbeseiten.de (die klassische Branchensuche)
www.gewusst-wo.de (eine Alternative zu den Gelben Seiten)

Tipp

Sollte euer Fahrlehrer ständig seine privaten Einkäufe während eurer teuren Fahrstunden erledigen, könnt ihr das guten Gewissens beanstanden. Zögert auch nicht, die Fahrschule um einen anderen Fahrlehrer zu bitten, wenn ihr euch überhaupt nicht versteht. Ein gutes Unternehmen wird euch entgegenkommen. Die Fahrschule notfalls ganz zu wechseln, ist auch kein Problem. Eure alte Fahrschule ist nämlich dazu verpflichtet, euch über die bisherige Ausbildung in Theorie und Praxis eine Bescheinigung auszustellen, damit ihr woanders nahtlos weitermachen könnt.

ERSTE-HILFE-KURS UND SEHTEST

Den Führerschein könnt ihr erst beantragen, wenn ihr einen Erste-Hilfe-Kurs absolviert habt. Anbieter dieser Kurse, wie das Deutsche Rote Kreuz und den Arbeiter-Samariter-Bund, findet ihr im Internet. Auch eure Fahrschule wird euch darauf hinweisen und euch sagen, wann es in eurer

Stadt den nächsten Kurs gibt. Die Kosten liegen bei 20 bis 30 Euro.

Oft werden diese kompakt am Wochenende durchgeführt und sogar noch mit dem notwendigen Augentest verknüpft. Wenn nicht: Viele Optiker und Augenärzte sind ebenfalls berechtigt, den Sehtest – für etwa 6 Euro – mit euch durchzuführen.

LINK

www.notfallmedizin.de (dort gibt es einen Suchmodus für Erste-Hilfe-Kurse)

DEN FÜHRERSCHEIN BEANTRAGEN

Ihr könnt den Führerschein schon während der Fahrausbildung beantragen, jedoch frühestens fünf bis sechs Monate vor Erreichen des so genannten Mindestalters (also 17 oder 18). Meist wird dieser Antrag sogar in der Fahrschule ausgefüllt und von dieser an die zuständige „Fahrerlaubnisbehörde" weitergeleitet. Die Behörde kann aber, so sie es wünscht, euer persönliches Erscheinen verlangen.

KURZ & KNAPP

Was ihr bei der Führerscheinanmeldung vorlegen müsst:

- Reisepass oder Personalausweis
- ein aktuelles Foto, ohne Kopfbedeckung, Halbprofil, 3,5 Zentimeter x 4,5 Zentimeter
- die Sehtestbescheinigung (nicht älter als zwei Jahre) einer amtlich anerkannten Stelle
- Nachweis über die Teilnahme an einem Erste-Hilfe-Kurs
- eventuell bereits vorhandenen Führerschein anderer Klassen (beispielsweise Mofa)
- Geld für die Antragsgebühren (etwa 40 Euro)
- die Bestätigung der Fahrschule, dass ihr euch in der Ausbildung befindet.

RUCKZUCK ZUM FÜHRERSCHEIN

Wenn ihr die Fahrschule möglichst schnell hinter euch bringen wollt, bietet sich eine ***Intensivausbildung*** an. Dafür müsst ihr etwa sechs Wochen vor Beginn des Unterrichts bei der zuständigen Fahrerlaubnisbehörde den Führerscheinantrag stellen. Die für eure Umgebung zuständige Behörde (mal ist es die Kfz-Zulassungsstelle, in anderen Orten das Bürgeramt) erfahrt ihr auf der Webseite eurer Stadt. Erst wenn euer Antrag bearbeitet und genehmigt wurde, dürft ihr die theoretische und praktische Prüfung ablegen. Eine teure Intensivausbildung nutzt also nichts, wenn ihr es verschlafen habt, den Antrag zu stellen; zur Prüfung zugelassen werdet ihr dann nämlich nicht.

Die Unterrichtstermine solltet ihr in diesem Fall besonders präzise mit der Fahrschule abstimmen, damit immer ein Fahrlehrer für euch da ist. Auch weisen Fahrschulen darauf hin, dass so ein „Crashkurs" mit erhöhten Anforderungen verbunden ist. Neigt ihr also zu Prüfungsangst und regelmäßigen Panikattacken, lasst die Intensivausbildung lieber sein.

Wenn sich während des Intensivkurses herausstellt, dass die Ferien doch nicht ganz reichen, kann man in der Regel problemlos verlängern und den gängigen Unterricht absolvieren.

Tipp

© WH Sport

André Lotterer

„ICH HABE MEINEN FÜHRERSCHEIN IN EINER WOCHE GEMACHT."

INTERVIEW MIT ANDRÉ LOTTERER

Er ist einer der schnellsten Piloten in der japanischen Motorsport-Szene. André Lotterer fährt seit 2004 in der Super GT. Mit 21 zog er nach Tokio, davor war der Duisburger auf Rennstrecken in ganz Europa unterwegs. Er gewann mehrere Kart-Meisterschaften, war Testfahrer für Jaguar und im Nachwuchs-Team von BMW. Die Zeit in Japan sieht André als Sprungbrett. Sein Ziel ist die Formel 1.

Du bist schon mit acht Jahren professionell Kart gefahren. War es da überhaupt noch etwas Besonderes, mit 17 den Führerschein zu bekommen?
Genaugenommen war ich ja mit acht Jahren noch kein Profi. Meinen ersten Werksvertrag habe ich mit 13 bekommen von Tony Kart. Fahrerisch war der Führerschein für mich wirklich nichts Besonderes, da hatte ich ja auf der Strecke schon meinen Spaß. Aber trotzdem war es toll, einen Führerschein zu haben. Da ich viel unterwegs war, war ich nicht mehr darauf angewiesen, mich immer von meinen Eltern fahren zu lassen. Für

die war das auch eine Erleichterung, so viel Zeit hatten sie auch nicht, weil sie beide berufstätig sind. Ich habe meinen Führerschein bereits mit 17 Jahren bekommen, da ich damals die Möglichkeit hatte, in der Formel Renault EM zu fahren, und das war nur mit einem gültigen Führerschein möglich. Zum Glück habe ich vom Landratsamt eine Sondergenehmigung erhalten. Ich musste zwar eine Medizinisch-Psychologische Untersuchung machen, aber das war kein Problem.

Und wie waren deine ersten Fahrstunden?
Da alles sehr schnell gehen musste und ich ja schon Vorkenntnisse hatte, ging es gleich richtig los. Wir sind ziemlich bald schon auf der Autobahn gefahren und ich durfte auch schon richtig schnell fahren, das fand ich cool damals. Ich hab meinen Führerschein im Intensivkurs in einer Woche gemacht.

Was ist es für ein Gefühl, wenn du hinter dem Steuer sitzt?
Schwer zu sagen. Ich liebe es, schnell zu fahren. Auf der normalen Straße ist das ja nicht möglich, dort fahre ich halt so schnell, wie erlaubt ist, aber immer ziemlich zügig. Auf der Rennstrecke ist es ein tolles Gefühl, die Geschwindigkeit und die Beherrschung des Fahrzeugs komplett auszukosten.

In Japan ist Motorsport sehr populär. Wie reagieren die Fans auf dich?
Wir Ausländer sind in Japan ziemlich beliebt. Man wird ja auch sofort als ein solcher erkannt. Es kommen sehr viele Fans zu den Rennen. Ich habe ein paar Fans, die überall hin mitreisen. Die sind dann morgens schon vor mir da und warten und bringen mir Geschenke mit. Die Leute sind total begeistert vom Motorsport, trotzdem sind sie nicht aufdringlich, sondern immer sehr höflich.

Was für ein Auto fährst du privat?
Ich fahre zurzeit hier in Japan einen Toyota Hybrid – ich glaube, der ist vergleichbar mit dem Geländewagen Lexus RH 400 in Deutschland.

THEORIE UND PRAXIS

Habt ihr noch keinen Führerschein anderer Klassen, werdet ihr etwa 15 Theoriestunden absolvieren müssen. Die praktischen Fahrstunden unterteilen sich in Grundausbildung, Sonderfahrten (drei Stunden Landstraße, eine Stunde Autobahn, eine Stunde Dunkelheit), Ausbildungsfahrten zur Vertiefung sowie die Vorbereitung auf die praktische Prüfung. Der Lehrer versucht gegen Ende hin immer öfter, die Prüfungssituation mit euch nachzustellen. Fühlt ihr euch weiterhin unsicher, nehmt lieber eine Übungsstunde mehr. Durch die Prüfung zu rasseln, ist teurer als eine oder zwei weitere Fahrstunden.

DIE PRÜFUNGEN

Macht euch nicht verrückt! Klar, bis früh morgens zu feiern, hat wahrscheinlich eher mangelnde Konzentrationsfähigkeit zur Folge. Ansonsten aber heißt es: Ihr könnt alles tun und lassen wie immer. Am Tag der Prüfung vor allem das Essen nicht „vergessen"!

Die Theorieprüfung kann frühestens drei Monate vor Erreichen des Mindestalters absolviert werden. Ausgehändigt bekommt man den Führerschein jedoch erst zum Geburtstag. Bei aller Nervosität: Wenn ihr den Prüfungsbogen vor euch habt, solltet ihr die Fragen konzentriert und langsam lesen. Sonst überseht ihr vielleicht ein wichtiges Detail und macht ein Kreuzchen an der falschen Stelle. Oft unterscheiden sich die Prüfungsfragen nur durch ein entscheidendes Wörtchen wie z.B. „nicht" von den Fragen auf den Übungsbögen. Lasst euch auf keinen Fall nervös machen, wenn ein anderer Prüfling den Bogen vor euch abgibt. Der macht die Prüfung vielleicht schon zum dritten Mal!

Die gefürchteten 45 Minuten der praktischen Prüfung laufen eigentlich genau so ab wie all eure Fahrstunden vorher. Nur dass eben hinten ein Prüfer sitzt. Jetzt müsst ihr hoffen, dass er euch nicht an die ungeliebte Kreuzung führt oder die engste Parklücke der ganzen Stadt zum Rückwärtseinparken am Berg aussucht. Viel Erfolg!

LINKS

www.fahrschule.de (etwas kindisch gestaltete Seite, aber mit sehr hilfreichem Online-Lernsystem, Fahrschulensuche und Einigem mehr)

www.fahrschule-online.de (eher was für Fahrlehrer, auf der Startseite stehen aber aktuelle Beiträge zu Verkehrsthemen)

www.fahrtipps.de (nennt sich selbst „die Fundgrube zum Führerschein", und das ist sie auch: Verkehrszeichen, Regeln, Bußgeldinfos etc.)

www.adacdrive.de (die „junge Seite" des ADAC)

DURCHGEFALLEN?

Erst einmal: Das hat nichts mit Dummheit zu tun. Im Straßenverkehr kommen immer wieder unbekannte und knifflige Situationen auf einen zu. Also ärgert euch nicht allzu lange und versucht, dem Ganzen etwas Positives abzugewinnen. Immerhin: Ihr wisst jetzt, wie eine Prüfung abläuft. Beim nächsten Mal klappt's bestimmt!

KURZ & KNAPP

Prüfung bestanden? Glückwunsch! Ihr dürft jetzt fahren. In eurer zweijährigen **Probezeit** solltet ihr euch aber nichts zuschulden kommen lassen. In der Probezeit gibt es auch eine strengere Promilleregelung: Ihr dürft am Lenkrad **null Alkohol** im Blut haben! Außerdem kann sich die Probezeit um zwei Jahre verlängern, wenn man währenddessen gegen Verkehrsregeln verstößt.

DAS *erste* AUTO

Ein Auto, so heißt es, gehört nach dem Kauf eines Hauses oder einer Wohnung so ziemlich zu den größten Investitionen, die ein Normalbürger in seinem Leben macht. Ihr wollt diese Investition nun also schon vor dem Hauskauf tätigen? Ist auch verständlich: Nichts vermittelt mehr das Gefühl der Freiheit als ein eigenes Auto. Schnell an den See fahren – ohne dafür stundenlang in der S-Bahn schwitzen zu müssen. Mit Freund oder Freundin mal eben ans Meer. Das alles geht mit einem eigenen Auto ziemlich problemlos. Doch Freiheit hin oder her: Im Alltag bringt so ein Auto auch eine ganze Menge Nervereien. Damit sind nicht nur rote Ampeln und der Stau auf der A3 gemeint, sondern auch der Behörden- und Versicherungswust, der auf euch zukommt. Keine Angst: Wenn ihr alles in Ruhe erledigt, könnt ihr schon bald losbrausen. Nicht nur ans Meer.

EIN AUTO KAUFEN

Ihr habt jetzt also vor, relativ viel Geld auszugeben. Wahrscheinlich soll es erst einmal ein Gebrauchtwagen Marke „Bis dass der TÜV uns scheidet" sein. Um dennoch keine totale Klapperkiste zu erwischen, solltet ihr einige Dinge beachten und lieber einmal mehr nachfragen und nachschauen als nötig. Macht euch zunächst einmal Gedanken darüber, welche Anforderungen ihr an euer erstes Auto stellt, und überlegt euch genau, wie viel es kosten darf. Ihr spart viel Geld, wenn ihr euren „Traum" vor allem nach den ***laufenden Kosten*** – Benzinverbrauch, Steuer, Versicherung – und erst dann nach Modell, Farbe und Ausstattung aussucht. Und denkt daran: Euer Preis-Limit ist nicht zum Überschreiten da! Der Wagen wird euch im Laufe der Zeit noch genug Geld aus der Tasche ziehen.

Als Erstes solltet ihr euch in Zeitungen, in Autohäusern oder via Internet über das Fahrzeugangebot und die Preise informieren und eine Vorauswahl treffen. Autobörsen im Internet bieten auch Vordrucke für Kaufverträge zum Download an. ***Gebrauchtwagenhändler*** an der Ecke sind grundsätzlich mit Vorsicht zu genießen, aber durchaus nützlich, um ein Gespür für das Verhältnis zwischen Preisen und Fahrzeugzustand bzw. -alter zu bekommen. Eine gute Informationsquelle ist der

„TÜV-Auto-Report“. Darin sind die Stärken und Schwächen von rund 200 beliebten Fahrzeugtypen aufgeführt, und das auch noch nach Baujahren differenziert. So erfahrt ihr schnell, auf welche Schwachstellen ihr bei eurem Wunschauto achten müsst.

KURZ & KNAPP

Wenn ihr einen Besichtigungstermin habt, nehmt am besten jemanden mit, der sich auskennt. Eine Checkliste aus dem Internet ist sehr nützlich. Autos von privaten Verkäufern sind oft preiswerter als im Autohaus. Dort lassen sich wiederum eventuell anfallende Reklamationen und Garantieansprüche professioneller regeln, und ihr findet auch später noch einen Ansprechpartner. Folgende Punkte sind spätestens beim Besichtigungstermin zu klären:

- Wann sind die nächste Hauptuntersuchung und die nächste Abgasuntersuchung fällig?
- Hat das Auto Unfallschäden? Gibt es dafür Reparaturbelege?
- Ist der angegebene Preis Verhandlungssache, oder steht er fest?
- Sind alle Dokumente wie das letzte TÜV-Protokoll, das Inspektions-Scheckheft oder Kundendienst- und Reparaturbelege vorhanden? Lasst sie euch zeigen!
- Wie hoch ist der Öl- und Spritverbrauch?
- Vereinbart einen Termin für eine Probefahrt, oder macht sie sofort!

Preisvergleich

Das Internet wird euch die größte Hilfe sein, wenn es darum geht, die realistische Preisspanne für ein Auto herauszufinden. Surft ein bisschen durch die bekanntesten Gebrauchtwagenbörsen. Natürlich werden die Preise für ein und dasselbe Modell schwanken, weil der individuelle Zustand und die Ausstattung des Wagens eine große Rolle spielen. Trotzdem: Als Richtschnur nutzen sie allemal. Händler richten ihre An- und Verkaufspreise nach der so genannten Schwacke-Liste. Es kann sich also durchaus lohnen, die aktuelle Liste zu kaufen oder den Wert eines Autos für ein paar Euro auf der Webseite ***www.schwacke.de*** zu ermitteln.

Monatliche Kosten

Der Anschaffungspreis eines Autos ist auf Dauer der geringste Kostenfaktor. Rechnet euch einmal aus, welche monatlichen Kosten durch euer Wunschauto auf euch zukommen würden: Für die Höhe der Kfz-Steuer beispielsweise ist der Hubraum ausschlaggebend, für die Versicherung vor allem die PS-Zahl. Und je mehr der Motor von beidem hat, desto mehr Sprit – und Geld – frisst er. Ein weniger leistungsstarkes Auto ist langfristig erheblich kostengünstiger! Ein Dieselfahrzeug rentiert sich nur für „Vielfahrer“ mit einer Fahrleistung von mindestens 20.000 Kilometern pro Jahr.

Die technische Beurteilung

Wenn ihr Glück habt, kennt sich einer eurer Freunde richtig gut mit Autos aus. Der kann das „Wunschauto“ untersuchen und beurteilen, ob es Schrott ist. Ansonsten bleibt euch die Möglichkeit des blinden Vertrauens (wovon zumindest bei einem teuren Wagen eher abzuraten ist) oder die, in einer Werkstatt oder Kfz-Prüfstelle einen Zustandsbericht anfertigen zu lassen. 50 bis 100 Euro wird euch dieser aber kosten. Vielleicht beteiligt sich der Verkäufer ja, damit er das Auto los wird. An einem positiven Bericht dürfte schließlich auch er interessiert sein. Falls der Verkäufer eine solche Untersuchung ablehnt, auch wenn ihr sie selbst bezahlen würdet, ist das ein deutliches Zeichen. Ergreift die Flucht!

Übrigens: Der Verkäufer ist verpflichtet, euch auf sichtbare und ihm bekannte Mängel am Wagen hinzuweisen. Bemerkt ihr also bald nach dem Kauf einen auffälligen Schaden, auf den euch der Verkäufer nicht aufmerksam gemacht hat, könnt ihr reklamieren.

Wertgutachten

Eine Erweiterung des Zustandsberichts ist das so genannte Wertgutachten. Hier wird der Wert des Fahrzeugs geschätzt. Doch inzwischen solltet ihr schon gut genug informiert sein, Autopreise realistisch einschätzen zu können, so dass ihr darauf verzichten könnt. Ein Wertgutachten kostet nämlich etwa 250 Euro.

Tipp

Wirklich hilfreich für die Fahrzeugbewertung ist die Seite „schwacke.de". Dort findet ihr Fahrzeugvergleiche und könnt ein Auto online schätzen lassen. Das ist mit rund 8 Euro wesentlich günstiger als ein Wertgutachten!

LINKS

www.schwacke.de (große Hilfe für die Fahrzeugbewertung)

www.kfz-auskunft.de (etwas unübersichtlich, umfasst aber alle Auto-Themen; ihr findet damit auch Autohändler in eurer Umgebung)

www.pkw.de (Internet-Autohaus)

www.mobile.de (die Autobörse von Ebay)

www.autoscout24.de (weitere große Autobörse)

ODER DOCH EIN NEUWAGEN?

Wenn ihr euch einen Neuwagen leisten könnt, entgeht ihr dem Risiko, dass euer Auto nach ein, zwei Monaten auseinanderfällt. Laut EU-Richtlinie aus dem Jahr 2002 muss der Händler bei Neuwagen nämlich zwei Jahre lang für Sachmängel haften. Bei der Bestellung eines Autos müsstet ihr vom Händler auch die „Neuwagenverkaufsbedingungen" ausgehändigt bekommen. Diese wurden vom Zentralverband Deutsches Kraftfahrzeuggewerbe e.V., dem Verband der Automobilindustrie e.V. und dem Verband der Importeure von Kraftfahrzeugen herausgegeben. Lest sie genau durch; dann wisst ihr, welche Ansprüche ihr gegenüber dem Händler stellen könnt.

Entscheidet euch aber erst nach einer gründlichen Probefahrt mit dem Wunschauto-Typ! Für etwaige Unfallschäden an dem Vorführwagen müsst ihr übrigens nur dann aufkommen, wenn euch „grobe Fahrlässigkeit" oder gar „vorsätzliche Beschädigung" des Fahrzeugs nachgewiesen werden kann.

Preisvergleich

„Unverbindliche Preisempfehlung" – die gibt's auch bei Autos. Der gleiche Wagen kann also bei verschiedenen Händlern unterschiedlich viel kosten. Mit dem Preisvergleich ist zwar immer Zeit- und Kostenaufwand verbunden, aber so lassen sich schnell ein paar Hunderter sparen. Fragt auch nach Rabatten – und nach „Vorführwagen" oder Autos mit „Tageszulassung"! Interessant können auch ehemalige Leasingautos oder Jahreswagen sein, sofern Zustand und Preis stimmen. Viele Händler gewähren bei Barzahlung einen Rabatt. Einen gesetzlichen Rabattanspruch gibt es allerdings nicht. In jedem Fall habt ihr eine gute Verhandlungsposition, wenn ihr alles auf einen Schlag zahlen könnt.

Leasing ist für Privatfahrer wie euch uninteressant; das kommt vor allem für Unternehmen in Frage, die dadurch steuerliche Vorteile haben.

Kauf auf Pump: Viele Händler bieten zwar günstige Spezialkredite an, aber von einer Fremdfinanzierung solltet ihr besser die Finger lassen. Wahrscheinlich müsstet ihr im Endeffekt den vollen Preis ohne irgendwelche Rabatte zahlen. Ein Kredit bedeutet außerdem, dass ihr für lange Zeit dem Händler oder der Bank Geld schuldet. Vielleicht sogar länger als das Auto fährt. Dieses Risiko solltet ihr also nur im äußersten Notfall eingehen – wenn ihr den Wagen wirklich braucht und privat kein Geld aufzutreiben ist. Falls es trotzdem sein muss: Mit einem Bankkredit fahrt ihr wahrscheinlich günstiger als mit dem Händlerkredit. Denn dann könnt ihr das Auto gleich voll bezahlen und so einen niedrigeren Preis aushandeln. Die Stiftung Warentest nimmt die verschiedenen Finanzierungsmöglichkeiten regelmäßig unter die Lupe.

LINK

www.test.de/themen/auto-verkehr (Testergebnisse der Stiftung Warentest rund ums Auto)

Verbindlicher Kauf

Wenn ihr ein Auto gefunden habt und die Bestellung unterschreibt, dann gebt ihr eure verbindliche Zusage zum Kauf – und müsst zahlen. Also lieber eine Nacht länger drüber schlafen! Von dem Vertrag kommt ihr ohne finanzielle Einbußen nur los, wenn der Händler die Bestellung nicht innerhalb von vier Wochen schriftlich bestätigt oder den Wagen nicht liefern kann. Übrigens solltet ihr im Kaufvertrag unbedingt einen konkreten Liefertermin festsetzen lassen. Einen unverbindlichen Termin kann der Händler nämlich – ohne dass sich irgendwelche Rechtsfolgen für ihn ergeben – um bis zu sechs Wochen überschreiten.

Tipp

Bei eurer Suche nach einem Neuwagen solltet ihr gezielt nach dem Stichwort „EU-Neuwagenhändler" Ausschau halten. Im Internet findet ihr garantiert heraus, wo sich einer in eurer Nähe befindet. Deren Autos stammen aus EU-Ländern, wo sie zu niedrigeren Preisen verkauft werden. Deshalb sind sie meist wesentlich billiger!

DIE KFZ-VERSICHERUNG

Um eine günstige Versicherung zu finden, bleibt leider mal wieder nur der Weg des Preisvergleichs. Zum Glück gibt's Tarifrechner im Internet oder Zeitschriften wie „Finanztest", die euch verraten, welche Versicherung für euch am günstigsten ist. Der Tarif ergibt sich aus vielen Faktoren: Fahrzeugtyp, Motorstärke, Zahl der möglichen Fahrer, üblicher Abstellplatz, überwiegende Nutzung des Autos. Ein Hauptfaktor ist die so genannte Schadensfreiheitsklasse. Dahinter verbirgt sich ein Rabatt, der sich nach der Zahl der unfallfreien Jahre richtet. Viele ältere Fahrer zahlen so nur ein Drittel des Grundbetrags. Für euch als Fahranfänger werden die Versicherungsbeiträge umgekehrt sehr hoch sein.

Trotzdem gibt es ein paar Möglichkeiten, um den Preis zumindest ein wenig zu drücken:

➔ Ihr könnt die günstigste der Online-Versicherungen wählen. Diese sind etwas billiger, weil alles online abgewickelt wird. Man hat also keine direkten Ansprechpartner, was normalerweise auch nicht nötig ist. Beispiele sind die HUK24 und die Allianz24. Auf den Internetseiten dieser und der meisten Anbieter könnt ihr einfach durchrechnen, was euch der Versicherungsschutz für ein bestimmtes Auto kosten würde. Es gibt im Internet auch Tarifrechner, die den Vergleich der verschiedenen Angebote für euch übernehmen. Beschränkt eure Suche aber nicht auf einen einzigen Rechner!

➔ Manche Versicherungen stufen euch von Anfang an günstiger ein, wenn schon jemand aus eurer Familie Kunde bei diesem Unternehmen ist.

➔ Ihr könnt auf überflüssige Teile der Versicherung verzichten: Eine Teilkaskoversicherung (siehe Seite 50) – vor allem gegen Beschädigung und Diebstahl – ist bei einem alten Auto nicht unbedingt sinnvoll.

LINKS

Einige Online-Tarifrechner:

www.aspect-online.de

www.tarifchecks.de

www.financescout24.de

Kfz-Haftpflicht

Anders als die Kaskoversicherung ist die Kfz-Haftpflicht für jeden Halter eines Fahrzeugs ***obligatorisch***. Habt ihr keine, ist das strafbar. Damit soll sichergestellt werden, dass von euch verursachte Sach- oder Personenschäden in jedem Fall bis zur Höhe der im Vertrag vereinbarten Versicherungssumme bezahlt werden. Von eurem Ausbildungsgehalt werdet ihr nämlich nicht in der Lage sein, jemandem sämtliche Klinik- und Reha-Kosten nach einem Autounfall zu erstatten. Das sind oft beträchtliche Summen. Diesen Teil, die Haftpflicht also, muss eure Kfz-Versicherung unbedingt abdecken.

Teilkasko-Versicherung

Die Kfz-Teilkasko-Versicherung ist, wie die Vollkasko-Versicherung, freiwillig. Sie leistet Erstattung bei Schäden durch:

→ Diebstahl und Raub
→ Brand, Blitz und Explosion
→ Sturm, Hagel und Überschwemmung
→ Marderbiss und Unfall durch Haarwild (auch Pferde, Rinder usw.)
→ Kabelschäden durch Kurzschluss sowie Glasbruch.

Vollkasko-Versicherung

Diese Versicherung dient dem Schutz des Fahrzeugwerts und lohnt sich nur bei Neuwagen oder besonders wertvollen Autos. Die Vollkasko ersetzt Schäden am eigenen Fahrzeug, egal ob man den Unfall verschuldet hat oder nicht. Außerdem haftet sie bei

→ Schäden durch: unbefugten Gebrauch des Autos durch Dritte, mut- und böswillige Handlungen Fremder (zum Beispiel Kratzer)
→ allen Teilkasko-Schäden.

Bei der Teil- und der Vollkasko-Versicherung lassen sich die Beiträge durch eine höhere Selbstbeteiligung senken.

Viele Versicherungsanbieter wollen Pakete mit zusätzlichen Leistungen wie Kfz-Rechtsschutz an den Mann bringen. Kfz-Rechtsschutz ist zwar prinzipiell sinnvoll zur Absicherung hoher Prozesskosten. Ihr müsst aber selbst entscheiden, welchen Schutz ihr jeweils für notwendig haltet – und bezahlen wollt.

Ab Seite 187 lest ihr, welche anderen Versicherungen ihr noch braucht, um sicher durchs Leben zu kommen.

Tipp

Bei Kfz-Versicherungen gilt eine verkürzte Kündigungsfrist von vier Wochen. Nahezu alle Verträge haben den 1. Januar als Tag des Versicherungsbeginns – und sind so bis spätestens 30. November kündbar. Im November locken deshalb viele Versicherungen mit günstigeren Konditionen, damit man zu ihnen wechselt. Also gebt eure Daten jährlich spätestens Mitte November bei den verschiedenen Online-Tarifrechnern ein. Da könnt ihr vielleicht bis zu 100 Euro sparen.

Kündigungsvordrucke gibt's im Internet, ihr könnt sie aber auch selbst schreiben. Verschickt die Kündigung unbedingt per Einschreiben! Das ist zwar etwas teurer, aber so habt ihr die Gewissheit, dass die Kündigung auch angekommen ist. Nicht, dass die Versicherung irgendwann Geld abbucht und meint, nie eine Kündigung erhalten zu haben. Bei wichtigen Schreiben empfiehlt sich übrigens immer der Versand per Einschreiben.

DAS AUTO ANMELDEN

Das mit der Versicherung ist geklärt? Nun müsst ihr euer Auto bei der Kfz-Zulassungsstelle anmelden. Wie viel euch die Steuer pro Jahr kostet, hängt ab von Art und Hubraum des Motors. Übrigens: Wenn ihr später in eine andere Stadt zieht und dort länger als drei Monate bleiben werdet, müsst ihr nicht nur euch selbst (siehe Seite 28), sondern auch euren Wagen dort anmelden. Was ihr zur Zulassung mitbringen müsst:

- ➔ vorhandene Zulassungsbescheinigung bzw. Fahrzeugbrief und Fahrzeugschein
- ➔ Bescheinigung der letzten Abgasuntersuchung
- ➔ Bescheinigung der letzten TÜV-Untersuchung
- ➔ Deckungskarte eurer Kfz-Versicherung
- ➔ Personalausweis oder Reisepass
- ➔ die bis dato gültigen Kennzeichen
- ➔ Geld für die Gebühren und das Stanzen der neuen Kennzeichen
- ➔ Geduld, wie bei Behörden üblich.

Tipp

Ihr fahrt nur im Sommer? Und für die übrige Zeit des Jahres habt ihr ein trockenes Plätzchen für euer Gefährt? Um Geld zu sparen, könnt ihr euer Auto oder Motorrad auch nur für die warmen Monate zulassen. Dann bekommt ihr ein Saisonkennzeichen, auf dem zusätzlich die Gültigkeitsdauer vermerkt ist. Das kann sich wirklich lohnen!

PANNENHILFE

Ein eigenes Auto – und das Geldausgeben hört nicht auf. Für den Fall, dass plötzlich die Batterie streikt, während ihr mitten in der Walachei steht, solltet ihr Mitglied eines Pannen- und Unfallhilfedienststs werden - sofern solche Leistungen nicht bereits durch eure Kfz-Versicherung abgedeckt sind. Führend in Deutschland ist der ADAC, der Führerscheinneulinge mit Starterpreisen und zeitweise sogar mit einer kostenlosen Mitgliedschaft im ersten Jahr lockt. Es kann sich aber auch lohnen, einen Blick auf andere Anbieter wie den ACE (Automobilclub Europa) oder den VCD (Verkehrsclub Deutschland) zu werfen. Ist jemand in eurem Verwandten- oder Bekanntenkreis Mitglied, dann lasst euch von ihm werben; das gibt meist eine Prämie.

Wenn ihr gezielt nach Jugend- oder Starterangeboten sucht, werdet ihr Jahresbeiträge um die 30 Euro finden. Das Geld hat sich schon dann gelohnt, wenn ihr das erste Mal den Autoschlüssel im Kofferraum eures verriegelten Autos vergessen habt. Schlüsseldienste sind nämlich nicht ganz billig!

Tipp

Passt genau auf, wie lange der Startbeitrag gilt! Es gibt Fälle, in denen sich der Preis nach dem ersten Jahr verdoppelt. Prüft das also rechtzeitig, damit ihr noch vor Beginn der meist dreimonatigen Kündigungsfrist austreten könnt. Wenn der alte Anbieter zu teuer wird, dann könnt ihr ja das Starterpaket eines anderen Anbieters in Anspruch zu nehmen.

LINKS

www.youngdriver.de (die „junge Seite" des ADAC)

www.adac.de (offizielle Webseite des ADAC)

www.ace-online.de (Webseite des Automobilclub Europas ACE)

www.vcd.org (Webseite des Verkehrsclubs Deutschland VCD)

KURZ & KNAPP

Bei einem Unfall, bei dem niemand verletzt wurde, ist Folgendes zu tun:

- Unfallstelle absichern: Warnblinker einschalten und das Warndreieck aufstellen
- Bei einem Unfall mit größeren Sachschäden sofort die Polizei (110) oder Rettungsleitstelle (112) benachrichtigen
- Kratzer am Lack? Versucht die Lage direkt am Unfallort zu klären. Bei geringen Schäden erscheint die Polizei oft nicht am Unfallort.
- Notiert euch unbedingt die Daten aller Unfallbeteiligten und Zeugen. Unverzichtbar sind: Name, Adresse, Telefon, Kennzeichen, Versicherung des Fahrzeughalters. Lasst euch auch unbedingt den Personalausweis zeigen!
- Markiert und fotografiert die Unfallstelle aus verschiedenen Winkeln – einen einfachen Fotoapparat solltet ihr stets im Auto haben. Zur Not reicht auch die Handykamera. Eine Skizze anzufertigen, ist ebenfalls empfehlenswert.
- Ist der andere schuld, müsst ihr dessen Versicherung anrufen, um eure Ansprüche anzumelden. Bringt euren Wagen dann in die nächstgelegene Werkstatt und fordert sie auf, den Unfallschaden zu begutachten.

INS *Ausland* GEHEN

In Frankreich heißen die Mädchen Valérie oder Florence, und man sagt Dinge wie „Vite à la gare!“. In England leben Peter und Sally mit viel Regen, manchmal ist es aber auch nur „foggy“. Von vielen Jahren Fremdsprachenunterricht bleibt nicht immer viel hängen. Und wenn, dann nur die merkwürdigen Details. Wenn Lehrbücher die Welt zeigen wollen, kann das eben nicht so recht funktionieren, da müsst ihr schon selbst die Koffer packen. Und wann, wenn nicht jetzt? Ihr seid jung und flexibel. Vor Ort könnt ihr eure Fremdsprachenkenntnisse ordentlich aufpolieren, denn wer kann schon von sich behaupten, er könne nach dem Abitur souverän ein Gespräch auf Französisch bestreiten?

Ausland muss nicht gleichbedeutend sein mit Urlaub. Ihr könnt die deutschen Grenzen ebenso fürs Jobben oder Studieren hinter euch lassen. Ihr habt die Wahl. Aber Eines steht fest: Die Welt wartet auf euch, es gibt viel zu entdecken …

ENDLICH MAL RICHTIG URLAUB MACHEN

Ob Pauschalreise an den spanischen Strand oder selbst organisierter Trip durch Indien – ihr könnt nun endlich euren eigenen Urlaubstraum verwirklichen und müsst nicht mehr den eurer Eltern mitleben. Ansprechpartner für Pauschalreisen ist das Reisebüro um die Ecke, und auch im Internet findet ihr natürlich viele Angebote.

Zügig durch Europa

Schon mal auf den Gleisen Spaniens unterwegs gewesen? Schon mal durch die Einzigartigkeit Norwegens gerattert? Nein? Dann wird es Zeit. Eine relativ günstige Möglichkeit, Europa zu erkunden, ist die mit dem Zug: ***Interrail*** heißt das Stichwort. Von Finnland bis in die Türkei, von Irland bis nach Ungarn – euren Urlaubswünschen sind fast keine Grenzen gesetzt. Früher musste man sich für eine bestimmte Zone entscheiden und damit bereits im Vorfeld festlegen, welche Länder man besucht. 2007 wurde dieses Zonensystem allerdings aufgehoben. Seitdem gibt es folgende zwei Ticketvarianten: Ihr könnt einen „Interrail Global Pass“

erwerben, der dann für immerhin 32 Länder gilt. Je nachdem, wie lange ihr unterwegs sein und ob ihr sogar in der ersten Klasse reisen wollt, kann der „globale Pass" mehr als 800 Euro kosten.

Möglichkeit 2: Ihr beschränkt euch auf das Reisen in einem bestimmten Land und wählt den „Interrail One Country Pass". Dieser ist gültig für drei, vier, sechs oder acht Tage innerhalb eines Monats. Die Preise variieren von Land zu Land. Wer jünger als 26 Jahre ist, bekommt übrigens eine Ermäßigung auf den Interrail-Pass. In einigen Ländern winken zudem Vergünstigungen (etwa für Fährfahrten oder Museumsbesuche). Es können aber auch Zuschläge für einige Züge auf euch zukommen.

LINKS

www.bahn.de (Deutsche Bahn)
www.interrailnet.com (offizielle Interrail-Webseite)
www.interrail.net (gute Infos von einem Interrailer)
www.interrailers.net (Tipps rund um die Reise mit Interrail)

Fliegender Wechsel

Was kostet die Welt? Sie ist für rund 2000 Euro erhältlich. Mit einem ***Around-the-World-Flugticket*** nämlich, kurz: ATWT. Ihr entscheidet euch vor Reiseantritt für eine weltumspannende Route und fliegt dann von Kontinent zu Kontinent. Im Preis sind nur die Flüge enthalten, um die Unterkünfte müsst ihr euch selbst kümmern. Die Sache sollte gut geplant sein, denn Umbuchen kostet. Ihr habt bis zu einem Jahr Zeit, den Globus zu erkunden. Eine bestimmte Zahl an Stopps ist im Ticketpreis enthalten, weitere Aufenthalte bucht ihr gegen Aufpreis. Wartet damit nicht bis zur Rente, denn es gibt spezielle Angebote für Twens und Studenten.

LINKS

www.statravel.de (Anbieter von Studentenreisen)
www.aroundtheworldticket.de (gibt Infos, nennt Anbieter)

Jugendherbergen

Billiger als im Hotel, aber (meist) bequemer als im Zelt übernachtet ihr in Jugendherbergen. Die gibt es weltweit. Sie sind Treffpunkt für Globetrotter, so dass neben einem Schlafplatz auch interessante Gespräche und gute Reisetipps herausspringen können. Zwar müsst ihr nicht in allen Unterkünften, die sich „Herberge" oder „Hostel" nennen, eine Mitgliedschaft in einem der nationalen Herbergsverbände vorweisen, aber es kann nicht schaden beizutreten. Gerade in Deutschland verlangt der Großteil der Herbergen für eine Übernachtung die ***Mitgliedschaft im Deutschen Jugendherbergswerk*** (DJH). Beim DJH bezahlt ihr dafür bis zum Alter von einschließlich 26 Jahren etwa zwölf Euro im Jahr. In der Hauptsaison oder bei beliebten Touristenzielen ist es ratsam, die Übernachtung schon vorab zu buchen. Das ist bei vielen Herbergen auch online möglich. Wenn ihr vor eurer Reise schon mal blättern wollt, wo ihr unterkommen könnt, besorgt euch den Jugendherbergsführer der International Youth Hostel Federation.

Sechs-Betten-Zimmer in der Jugendherberge statt Fünf-Sterne-Hotel? Lasst teuren Schmuck und Wertsachen zu Hause. Dort sind sie gut aufgehoben, denn nicht in allen Herbergen gibt es Schließfächer. Und ihr müsst euch nicht ärgern, wenn die neue Reisebekanntschaft vom Bett gegenüber doch zu lange Finger hatte.

Tipp

LINKS

www.jugendherberge.de (Deutsches Jugendherbergswerk)
www.hihostels.com (Int. Mitgliederorganisation der Herbergsverbände)
www.hostels.com (Suchmaschine für Herbergen weltweit)

Sicherheit geht immer vor. Bei jeder Reise gilt: Eure Angehörigen und Freunde sollten über eure Reisepläne Bescheid wissen. Teilt ihnen mit, wann ihr euch wo aufhalten werdet. Welche Ecken ihr besser meidet, steht im Reiseführer, sagt euch die Touristeninformation oder die Webseite **www.auswaertiges-amt.de**.

KURZ & KNAPP

© Anna v. Stackelberg

Marie Pohl

„DU MUSST DEM ZUFALL EINE CHANCE GEBEN“

INTERVIEW MIT MARIE POHL

Marie Pohl war 20, als sie ihre Wohnung kündigte und auf Weltreise ging. In neun Monaten besuchte sie acht Städte und Länder: Berlin, Havanna, Buenos Aires, San Francisco, Hanoi, Tiflis, Jerusalem und Helsinki. Sie wollte wissen, wie andere 20-Jährige ihr Leben leben. Auf der Reise hat sie sich verliebt, hat gegen müde Füße und die Einsamkeit in billigen Unterkünften gekämpft. Ihre Erlebnisse schrieb sie in dem Buch „Maries Reise“ (Fischer Taschenbuch) auf. Marie Pohl lebt heute in Berlin und arbeitet als Schriftstellerin.

Du bist um die halbe Welt geflogen, hast in den USA, in Deutschland und Spanien gelebt. Wo fühlst du dich zuhause?
In New York. Da bist du gleichzeitig in tausend Ländern. Und das Wort Toleranz kommt zu seiner vollen Erfüllung – mach dein Ding, und lass die Anderen die Anderen sein. In New York zu leben, ist auch sehr hart. Und du merkst, dass die Leute die Härte auf sich nehmen, weil sie die Stadt lieben und unbedingt dort sein wollen. Das ist ein starkes, pulsierendes Gefühl.

Hast du dich auf deiner langen Reise manchmal alleine gefühlt?
Oft sogar. In Georgien hatte ich meinen toten Punkt. Man will ja all das, was man erlebt, mit jemandem teilen. Gast zu sein, fremd zu sein, kann

auch anstrengend werden. Aber das Alleinsein gehört zum Reisen dazu, so wie es auch zum Alltag gehört.

Hattest du das Gefühl, dass dir in Deutschland die Decke auf den Kopf fällt, wenn du nicht weggehst?

Nein, eigentlich nicht. Ich war ja schon nach dem Abi in Spanien, um die Sprache zu lernen, zu reisen und zu schreiben. Das ist einfach mein Ding. Ich war neugierig und wollte die Welt sehen. Damals dachte ich: Entweder ich studiere jetzt, oder ich mache etwas für mich. Ich habe mich dann für das Reisen und Schreiben entschieden.

Wie wird aus einer Reise eine gute Reise?

Es gibt gar keine schlechten Reisen. Ich glaube, du musst einfach für alles offen sein und dem Zufall eine Chance geben. Am besten, du gehst die Straße hinunter und lässt die Reise auf dich zukommen. Damit du dich nicht verlierst, kannst du dir vielleicht ein kleines Ziel herauspicken: einen Stadtteil, ein Museum, einen Strand oder einen Berg – etwas, das du unbedingt sehen willst. Der Rest passiert dann von alleine.

MEHR ALS NUR URLAUB

Wenn ihr zwischen Reisen und Arbeiten schwankt, dann nehmt doch beides. Es gibt mehrere Möglichkeiten, im Ausland Arbeitserfahrungen zu sammeln und trotzdem noch Zeit für Abenteuer zu haben.

Work and Travel

Ihr jobbt in einem fremden Land – etwa als Erntehelfer oder in einem Café – und verdient euch dabei das Geld für Erkundungstouren. Beliebte Work-and-Travel-Länder sind Australien und Neuseeland, aber auch die USA und Kanada. In diesen Ländern gelten unterschiedliche Bestimmungen, aber Eines haben sie gemeinsam: Ihr braucht ein Visum (mehr dazu auf Seite 76) und zwar ein spezielles, das euch zum Arbeiten berechtigt. Daneben haben sich diese Staaten noch ***einige Regeln*** einfallen lassen: In den USA dürft ihr nur drei bis vier Monate jobben und habt dann einen Monat zum Reisen. Das Working- Holiday-Visum in Australien gilt für ein Jahr, allerdings dürft ihr nicht länger als drei Monate beim selben Arbeitgeber jobben. Es gibt in den vier Ländern nur eine begrenzte Zahl an Visa für Work-and-Travel-Aufenthalte. Am besten, ihr informiert euch genau, was es in eurem Traumland zu beachten gibt, und auf geht's. Bei Trips in die USA müsst ihr euch an eine anerkannte ***Austausch-Organisation*** wenden. Auch für die anderen Ziele könnt ihr die Reiseplanung in fremde Hände geben. Es gibt Reiseveranstalter, die Work-and-Travel-Reisen anbieten. Die helfen euch bei der Beantragung des Visums, und ihr habt Ansprechpartner vor Ort. Solch ein Service kostet natürlich.

LINKS

www.travelworks.de (auf Working Holidays spezialisierter Reiseanbieter)

www.statravel.de (Anbieter von Studentenreisen)

www.australian-embassy.de (Botschaft von Australien)

www.nzembassy.com (Botschaft von Neuseeland)

www.us-botschaft.de (Botschaft der USA)

www.canadainternational.gc.ca/germany-allemagne/index.aspx (Botschaft von Kanada)

Workcamp

Einen Wanderweg in Italien auf Vordermann bringen, mit Schülern in Togo arbeiten, auf der Gesundheitsstation einer Favela helfen: Wenn ihr euch für ein gemeinnütziges Projekt engagieren und neue Leute treffen wollt, aber nur wenige Wochen Zeit habt, dann bietet sich ein Workcamp an. Das dauert bis zu vier Wochen, in denen ihr in einer internationalen Gruppe arbeitet – unentgeltlich. Die tägliche Arbeitszeit bewegt sich zwischen vier und sechs Stunden, ihr schuftet euch also keineswegs kaputt und habt noch genügend Zeit, Land und Leute kennen zu lernen. Verpflegung und Unterkunft (kein Sterne-Hotel!) sind normalerweise frei. Ihr müsst aber dennoch mit Kosten rechnen: Da sind zum einen die Reisekosten, die ihr selbst tragt, zum anderen erheben die Anbieter auch Teilnahme- und Vermittlungsgebühren. Ein Vergleich lohnt sich also. In der Regel bereitet euch die jeweilige Organisation in einem Seminar auf den Aufenthalt vor.

LINKS

www.workcamps.de (Übersicht über einige Anbieter)

www.ibg-workcamps.org (unabhängiger Trägerverein von Workcamps)

www.workcamps.kolping.de (Jugendgemeinschaftsdienst des Sozialverband Kolpingwerke)

www.yap-cfd.de (Christlicher Friedensdienst)

www.ijgd.de (Internationale Jugendgemeinschaftsdienste)

Freiwilliges Soziales Jahr / Freiwilliges Ökologisches Jahr

Das FSJ oder FÖJ (mehr dazu auf Seite 145) könnt ihr grundsätzlich überall auf der Welt ableisten. Allerdings muss sich der Hauptsitz der Organisation, über die der Auslandseinsatz läuft, in Deutschland befinden. Wohlfahrtsverbände, die beiden großen Kirchen oder das Deutsche Rote Kreuz sind nur einige Träger, die Stellen außerhalb der deutschen Grenzen vermitteln. Im Rahmen des FSJ / FÖJ sind fünf „Bildungswochen" vorgeschrieben, in denen ihr unter anderem auf Aufenthalt und Arbeit vorbereitet werdet. Wenn nötig, ist auch ein Crash-Kurs der Landessprache enthalten. Wie die Freiwilligen im Gastland bekommt ihr Taschengeld. Das orientiert sich allerdings an den Lebenshaltungskosten des Landes, entsprechend unterschiedlich kann der „Lohn" ausfallen. Achtung: Die Nachfrage ist weit größer als die Zahl der Angebote. Deswegen solltet ihr euch rechtzeitig informieren und bewerben.

Tipp

Ein FSJ oder FÖJ im Ausland könnt ihr nur bei einem zugelassenen Träger ableisten. Deshalb: Unbedingt nach der Zulassung erkundigen, denn davon hängt zum Beispiel ab, ob ihr euch selbst um eine Versicherung kümmern müsst.

LINKS

www.pro-fsj.de (Bundesarbeitskreis FSJ)

www.foej.de (Adressen von Trägern des FÖJ im Ausland)

Europäischer Freiwilligendienst

Von der Europäischen Union wurde der Europäische Freiwilligendienst (EFD) ins Leben gerufen. Ob im Jugendzentrum in Litauen oder in einer Initiative für geistig Behinderte in Spanien: Ihr engagiert euch bis zu zwölf Monate lang in einem gemeinnützigen Projekt, und das nicht allein im europäischen Ausland, auch Lateinamerika ist mit im Programm. Ihr müsst keinen bestimmten Bildungsabschluss mitbringen, die einzige Hürde: Ihr müsst euch selbst eine so genannte Entsendeorganisation – etwa eine Jugendorganisation oder Öko-Initiative – suchen. Diese kümmert sich um Vor- und Nachbereitung des Aufenthalts sowie um eure Versicherung. Euer ausländischer „Arbeitgeber" sorgt für Unterkunft, Verpflegung und einen Sprachkurs. Zudem bekommt ihr ein Taschengeld, dessen Höhe allerdings von Land zu Land variiert. Ein Rundum-Sorglos-Paket also. Das ist vielleicht auch ein Grund dafür, dass die Nachfrage die Zahl der Angebote weit übersteigt.

LINKS

www.go4europe.de (Webseite zum EFD)

www.jugendfuereuropa.de (Infos rund um das Programm)

Internationale Freiwilligendienste

Die geförderten Programme wie etwa das FSJ oder der EFD bieten nur eine begrenzte Anzahl an Plätzen. Doch ihr könnt euch auch unabhängig davon an Freiwilligenorganisationen wenden. Ihr solltet euch vorab gut über die Anbieter von Auslandsaufenthalten informieren und in Erfahrung bringen, wie viel euch die Sache kostet. Fakten und Adressen gibt's unter anderem beim Arbeitskreis „Lernen und Helfen in Übersee".

LINK

www.entwicklungsdienst.de (Infos rund um Freiwilligen- und Entwicklungsdienste)

Au-Pair

Lust auf ein neues Land? Lust, endlich eine Fremdsprache wirklich zu beherrschen? Lust darauf, Zeit mit Kindern zu verbringen? Vielleicht ist ja ein Jahr als Au-Pair das Richtige. Amerika ist für solch einen Aufenthalt sicherlich das prominenteste Beispiel, aber ihr entscheidet: Auch in Europa, Australien, Neuseeland oder Kanada gibt es Programme. „Au pair" bedeutet so viel wie „auf Gegenseitigkeit". Dementsprechend helft ihr eurer Gastfamilie, betreut die Kinder, schmiert Pausenbrote und wascht Klamotten. Im Gegenzug sorgt die Familie für Kost und Logis und zahlt euch ein Taschengeld. Reich werdet ihr dabei sicherlich nicht, aber eure Erfahrungen sind unbezahlbar: Ihr tragt Verantwortung und werdet fit im Umgang mit Kindern. Die Wochenarbeitszeit schwankt zwischen 30 (Europa) und 45 Stunden (USA/Kanada). Ein Au-Pair-Aufenthalt dauert sechs bis zwölf Monate und ist längst keine reine Mädchensache mehr: Auch Au-Pair-Jungen haben Chancen. Damit eure Bewerbung Erfolg hat, solltet ihr Erfahrung im Umgang mit Kindern nachweisen können – beispielsweise durch Babysitting, ein Praktikum im Kindergarten oder Jugendarbeit. Und natürlich sind Kenntnisse in der Landessprache wichtig.

Immer wieder kursieren Horrorgeschichten über missglückte Aufenthalte, bei denen das Au-Pair nur billige Haushaltshilfe und Freizeit ein Fremdwort war. Damit euch das nicht passiert, solltet ihr euch an eine seriöse Agentur wenden, die die Gastfamilien sorgfältig auswählt und die vermittelt, wenn es doch mal Probleme gibt.

KURZ & KNAPP

Es gibt unzählige Au-Pair-Agenturen. Einige Kriterien helfen, die weniger guten Vermittler herauszufiltern.

- Die Agentur sollte möglichst im Gastland vertreten sein, so dass ihr auch vor Ort einen Ansprechpartner habt, der euch zur Seite steht.
- Die Agentur sollte auch während des Aufenthalts immer gut erreichbar sein.
- Gastfamilie und Au-Pair werden individuell ausgewählt und müssen die Chance haben, sich vorher kennenzulernen.
- Stimmt die Chemie doch nicht, muss die Agentur einen Wechsel betreuen.
- Gute Agenturen bieten Einführungsveranstaltungen an und ermöglichen den Austausch mit ehemaligen Au-Pairs.
- Seriöse Agenturen können euch Auskunft geben über Wochenarbeitszeit, Freizeit, Unterbringung und Taschengeld.
- Eine Vermittlungsgebühr wird erst fällig, wenn die richtige Familie gefunden ist.

LINKS

www.au-pair-society.org (Verband der Au-Pair-Vermittler, Gasteltern und Au-Pairs)
www.au-pair-agenturen.de (Tipps für Au-Pairs)
www.aupair-invia.caritas.de (katholischer Frauenverband)
www.au-pair-vij.org (evangelischer Frauenverein)

STATT ZIVILDIENST

Anerkannte Kriegsdienstverweigerer können anstelle des Zivildienstes in Deutschland auch einen „Ersatzdienst" im Ausland leisten. Ihr habt folgende Möglichkeiten:

FSJ oder FÖJ im Ausland

Spätestens ein Jahr nach der Verpflichtung und noch bevor ihr 23 Jahre alt werdet, müsst ihr das FSJ oder FÖJ beginnen. Ihr seid länger im Einsatz als ein Zivi, nämlich mindestens zwölf Monate. Das Bundesamt für Zivildienst hat in diesem Bereich nichts zu sagen, das heißt für euch, dass ihr euch selbst auf die Suche nach einem gesetzlich anerkannten Träger begeben müsst. In eurer Bewerbung solltet ihr ausdrücklich darauf hinweisen, dass ihr den Dienst anstelle eines Zivildienstes machen wollt. Auf euch wartet das Gleiche wie bei jedem FSJ oder FÖJ (siehe Seite 145): pädagogische Begleitung, Taschengeld und Sozialversicherung.

Anderer Dienst im Ausland

Kein Geld gibt es für den Anderen Dienst im Ausland (ADiA), dafür fördert ihr aber das friedliche Zusammenleben der Völker. Der Dienst muss mindestes zwei Monate länger dauern als der Zivildienst, derzeit also elf Monate, und ihr müsst ihn antreten, bevor ihr 23 Jahre alt werdet.

Ihr könnt den ADiA nur über einen vom Bundesjugendministerium anerkannten Träger ableisten. Eine Liste mit Kontakten ist online beim Bundesamt für Zivildienst verfügbar. Die Zahl der Plätze ist auch hier begrenzt, also: Rechtzeitig drum kümmern.

Entwicklungsdienst

Wenn ihr euch zu einem mindestens zweijährigen Entwicklungsdienst verpflichtet, euch für eine spätere Tätigkeit als Entwicklungshelfer fortbildet und das Bundesministerium für wirtschaftliche Zusammenarbeit und Entwicklung das auch noch bestätigt, könnt ihr vom Zivildienst entbunden werden. Bedingung: Der Träger ist anerkannt. Eine Liste über die Organisationen hält das Bundesamt für Zivildienst bereit. Infos zum Entwicklungsdienst bekommt ihr beim Arbeitskreis „Lernen und Helfen in Übersee".

LINKS

www.zivildienst.de (Bundesamt für Zivildienst)
www.bmfsfj.de (Infos zum Zivildienst)
www.ziviausland.de (private Webseite zum Anderen Dienst im Ausland)
www.adia.de (einige Erfahrungsberichte)
www.entwicklungsdienst.de (Infos rund um Freiwilligen- und Entwicklungsdienste)
www.friedensdienst.de (Infos zu Trägern der „Ersatzdienste" im Ausland)

AUSBILDUNG IM AUSLAND

Wenn ihr mit dem Gedanken spielt, eure Berufsausbildung ganz ins Ausland zu verlegen, solltet ihr euch vorab über das jeweilige Ausbildungssystem informieren. Denn die Bildungssysteme variieren von Land zu Land – so ist etwa das deutsche System der dualen Berufsausbildung (Lehre & Berufsschule) weltweit einzigartig. Ihr solltet also klären: Wie ist der Weg zum Abschluss? Welchen Stellenwert hat die Ausbildung, und wird sie in Deutschland formell anerkannt? Letzteres ist nämlich nicht immer garantiert. Informationen geben euch die entsprechenden Kammern (Industrie- und Handelskammer oder Handwerkskammer). Ein möglicher Ansprechpartner ist aber auch die deutsche Auslandshandelskammer in eurem Wunschland. Gemeinsam mit Vertretern der deutschen Wirtschaft organisieren die Kammern Ausbildungsplätze im Ausland. Fremdsprachensekretärin in Ägypten, Schifffahrtskaufmann in Chile, Tischlerin in Schottland – euch sind kaum Grenzen gesetzt. Der Schwerpunkt liegt allerdings auf kaufmännischen Berufen. Die Auslandshandelskammern bemühen sich um eine Vergleichbarkeit mit deutschen Ausbildungsberufen, so dass euer Abschluss auch zu Hause anerkannt wird.

Nur kurz weg ...

Auch schon ein kurzer Praxisaufenthalt im Ausland während der Ausbildung kann eure Chancen auf dem Arbeitsmarkt steigern. Vielleicht hat euer Betrieb ja eine ausländische Zweigstelle, bei der ihr mal einige Wochen reinschnuppern könnt? Fragen kostet nichts. Es gibt auch spezielle Programme, die das Praktikum im Ausland fördern. Voraussetzung: Euer Chef muss mitziehen. Habt ihr den überzeugt, kommt der formelle Kram. Ihr müsst mit eurer Ausbildungsfirma einen Betrieb derselben Branche im Ausland finden. Im Regelfall stellt dann eure Firma den Förderantrag. Informationen zu Programmen, Vorbereitung und Finanzierung gibt die Firma „InWent". Die dort angesiedelte Informations- und Beratungsstelle koordiniert Auslandsaufenthalte im Auftrag des Bundesbildungsministeriums. Recht bekannt ist das europäische Leonardo-Programm, das den Austausch mit über 30 Ländern fördert. „InWent" bietet aber auch Stipendien im Rahmen des Deutsch-Amerikanischen Austauschprogramms für Auszubildende an. Das Auslandspraktikum lohnt sich erst in der zweiten Hälfte der Ausbildung, denn dann habt ihr schon mehr Erfahrung und seid vielseitiger einsetzbar.

KURZ & KNAPP

Den Gesellenbrief schon in der Tasche? Für Handwerker gibt es ein spezielles, von der EU gefördertes Austauschprogramm: Sesam. Das umfasst einen vorbereitenden Sprachkurs, den Arbeitsaufenthalt im ausländischen Betrieb und eine Weiterbildung. Dauer: 32 Wochen. Informationen erhaltet ihr bei der zuständigen Handwerkskammer.

LINKS

www.europaserviceba.de (Auslandsvermittlung der Agentur für Arbeit)
www.inwent.org (Seite des Unternehmens mit Infos zu Programmen und Förderung)
www.ahk.de (deutsche Auslandshandelskammern)
www. http://europa.eu/pol/educ/index_de.htm (EU-Portal, Infos zu Möglichkeiten, ins Ausland zu gehen)

STUDIUM IM AUSLAND

Wollt ihr euer gesamtes Studium im Ausland absolvieren, müsst ihr vor allem Eines klären: die Finanzierung. In einigen Ländern werden Studiengebühren erhoben, die Lebenshaltungskosten können um Einiges höher als in Deutschland sein – und ihr habt keine Aussicht auf Förderung aus der Heimat. Die Sache will also gut überlegt sein, vor allem, wenn ihr nach dem Studium zurückkehren wollt. Denn nicht jeder Abschluss wird hierzulande anerkannt. Entsprechende Sprachkenntnisse solltet ihr natürlich auch mitbringen. Infos zur Hochschullandschaft einzelner Ländern könnt ihr im Onlineangebot des Deutschen Akademischen Austauschdiensts (DAAD) durchstöbern.

Aussteiger für zwei Semester

Immer beliebter wird es, ein oder zwei Semester lang dem Heimatland den Rücken zu kehren, um im Ausland zu studieren. Das Ganze sollte rechtzeitig vorbereitet werden. Mit einer einjährigen Planungsphase fürs Studieren in Europa und mit etwa 15 Monaten für weiter entfernte Ziele solltet ihr rechnen. Eure erste Anlaufstelle ist das Akademische Auslandsamt eurer Hochschule. Dort gibt's Infos zu Austauschprogrammen, Voraussetzungen und Finanzierung. Wenn ihr schon ein genaues Ziel vor Augen habt, findet ihr beim DAAD Informationen zu Hochschulen und Förderung. Den Aufenthalt selbst zu organisieren, kostet Zeit und Nerven – kein Wunder, dass sich das ***Erasmus-Programm*** der EU großer Beliebtheit erfreut. Das läuft nämlich über Partnerschaftsabkommen zwischen Hochschulen, die euch so den Weg nach Polen oder Portugal erleichtern. Je nach Institut habt ihr die Wahl zwischen verschiedenen Städten. Der Erasmus-Koordinator eures Fachbereichs kann euch sagen, was möglich ist und wie ihr euch bewerben müsst. Über ihn läuft auch das Auswahlverfahren. Der Aufenthalt mit Erasmus dauert ein oder zwei Semester; ihr seid von eventuellen Studiengebühren befreit. Zudem könnt ihr ein „Mobilitätsstipendium" beantragen. Das schwankt zwischen 50 und 200 Euro pro Monat. Diese Summe deckt keinesfalls all eure Kosten – kümmert euch also, wenn nötig, rechtzeitig ums Auslands-BAföG (siehe Seite 71).

Europa genügt euch nicht? Schaut doch mal nach, welche Kooperationen eure Uni sonst noch eingegangen ist: Klickt euch einfach durch den Hochschulkompass der Hochschulrektorenkonferenz. Bei diesen Kooperationen ist der Studentenaustausch vertraglich geregelt, Studiengebühren werden erlassen.

KURZ & KNAPP

Eine Frage solltet ihr vor der Abreise unbedingt noch klären: Werden eure im Ausland erbrachten Leistungen (beispielsweise in Klausuren oder durch Seminararbeiten) auch an der Heim-Uni anerkannt? Damit ihr am Ende nicht umsonst über Büchern gebrütet habt, wendet euch vorher an den Koordinator eures Fachbereichs. Beim Erasmus-Programm dürfte die Anerkennung eigentlich kein Problem sein, denn dafür gibt es das European Credit Transfer System (ECTS). Dieses Punktesystem soll die Anerkennung vereinfachen. Gedacht ist die Sache so: Ihr informiert euch vorab über die Veranstaltungen, die ihr an der Gast-Uni besuchen wollt. Ihr müsst dabei ein gewisses Punktesoll erfüllen. Das wird in einem Formular festgehalten und von Heimat- und Gasthochschule abgesegnet. Am Ende des Aufenthalts wird dann noch mal geschaut, was ihr wirklich geleistet habt. Diese Bilanz legt ihr dann zu Hause vor und bekommt hoffentlich die entsprechende Anerkennung.

Stipendien

Reisekosten, Unterkunft, Arbeitsmaterialien – und vielleicht noch Studiengebühren: All das kann das Budget sprengen. Für solche Fälle gibt es aber Möglichkeiten der Förderung. Wichtigster Stipendiengeber: der ***DAAD***. Es gibt eine Vielzahl von Programmen, je nachdem, was ihr studiert, wo es hingehen soll und wie lange ihr bleiben wollt. Maßgeblich, um eines der begehrten Stipendien zu bekommen, sind gute Noten und bestechende Gutachten eurer Dozenten. Zudem müsst ihr von eurer persönlichen Eignung überzeugen. Es vergeben aber auch andere Organisationen und Stiftungen Stipendien. Die sind teilweise an ein bestimmtes Fach oder spezielle Voraussetzungen gekoppelt. Für konkrete Infos wendet euch direkt an die Geldgeber.

LINKS

www.daad.de (Deutscher Akademischer Austauschdienst)
www.anabin.de (Informationen zu ausländischen Bildungsabschlüssen)
www.bmbf.de (Broschüre „Studium im Ausland")
www.hochschulkompass.de (Infos zu allen Hochschulen)
www.inwent.org (Seite des Unternehmens mit Infos zu Programmen und Förderung)
www.begabtenfoerderungswerke.de (Stiftungen werden vorgestellt)
www.eurodesk.de (Datenbank mit Förderprogrammen)
www.fulbright.de (Stipendien für Deutsche, die in den USA studieren wollen)

Auslands-BAföG

Fürs Studium oder die Ausbildung im Ausland könnt ihr Auslands-BAföG beantragen, unter Umständen übrigens auch für ein mindestens zwölfwöchiges Praktikum. Wer schon im Inland einen Anspruch auf BAföG hat, wird damit auch für den Auslandsaufenthalt keine Probleme haben (ihr könnt allerdings die Inlands-Förderung nicht einfach mit ins Ausland nehmen). Doch auch, wenn ihr in Deutschland keine Unterstützung bekommt: Versucht es trotzdem, denn die Fördersätze fürs Ausland liegen höher. Damit das Geld fließt, müssen einige Voraussetzungen (s.u.) erfüllt sein. Also: Macht euch schlau und kämpft euch durch die Formulare. Und das rechtzeitig, damit der Auslandsaufenthalt nicht an bürokratischen Hürden scheitert. Sechs Monate vorher sollten eure Unterlagen bei dem für das Gastland zuständigen Amt für Ausbildungsförderung eintreffen.

KURZ & KNAPP

Damit ihr Auslands-BAföG empfangen könnt, solltet ihr bereits ein Jahr lang in Deutschland gelernt oder studiert haben. Danach könnt ihr eure Ausbildung in einem EU-Mitgliedsstaat bis zum Abschluss fortsetzen – mit Förderung nach Inlandsbedingungen. Außerhalb der EU werdet ihr in der Regel bis zu einem Jahr lang gefördert. Für diese Aufenthalte gibt es auch Auslandszuschläge, die von Land zu Land variieren.

Um das Auslands-BAföG zu bekommen, muss der Auslandsaufenthalt mindestens sechs Monate bzw. ein Semester oder eben zwölf Wochen dauern. Eure Leistungen im Ausland sollten auf die Ausbildung im Inland anrechenbar sein. Ferner sind Grundkenntnisse in der Landessprache erforderlich.

LINKS

www.das-neue-bafoeg.de (Bundesbildungsministerium informiert zum BAföG)

www.auslandsbafoeg.de (gut verständliche Erklärungen)

www.studentenwerke.de (Infos stehen unter „Studienfinanzierung")

JOB IM AUSLAND

Er kitzelt faule Urlauber aus den Liegestühlen und bewegt sie zum Sambatanzen: Den braungebrannten, immer gut gelaunten Animateur haben wohl viele im Kopf, wenn es um Jobs im Ausland geht. Zwar liegen im Tourismus viele, aber nicht alle Chancen. Auch in der Landwirtschaft, als Sprachlehrer oder als Mitarbeiter bei internationalen Messen kann man Glück haben. Ihr könnt natürlich direkt bei entsprechenden Veranstaltern und Firmen nach einem Job fragen – oder euch an die Zentralstelle für Arbeitsvermittlung (ZAV) wenden. Die informiert in der auf Abiturienten, Auszubildende und Studenten zugeschnittenen Broschüre „Jobs und Praktika im Ausland" über Voraussetzungen, Finanzierung und konkrete Programme. Das Angebot ist vielfältig: Sprachassistent in Russland, Geld verdienen im Disneypark Paris oder als Helfer auf einer Farm in Island. Die Bewerbung wird direkt an die ZAV gerichtet und sollte mit zwölf Monaten Vorlauf erfolgen. Gute Sprachkenntnisse und erste Arbeitserfahrung werden vorausgesetzt. Die ZAV arbeitet mit Partnerorganisationen zusammen, die bisweilen Gebühren fordern, Reisekosten, Visum, Verpflegung und Unterkunft kommen hinzu. Bei einem Job verdient ihr aber in der Regel so viel, dass ihr das problemlos finanzieren könnt.

PRAKTIKUM IM AUSLAND

Im Gegensatz zum Job wird ein Praktikum oft nicht bezahlt, so dass ihr euch im Vorfeld gut überlegen solltet, ob die Kasse stimmt. Wer selbst auf die Suche nach einem Praktikum gehen will, für den lohnt sich ein

Blick in die Stellenbörse der Bundesagentur für Arbeit. Hier sind unter anderem Praktika im Ausland aufgeführt. Daneben gibt es zahlreiche andere Job- und Praktikumsbörsen. Auch viele Organisationen bieten Praktika an oder vermitteln sie. Ihr solltet vorab immer die Seriosität dieser Anbieter prüfen und klären, wie viel euch die Sache kostet. Ihr könnt auch direkt bei Firmen und Unternehmen nachfragen. Bedenkt aber, dass der Begriff Praktikum nicht überall so wie bei uns verstanden wird. In einigen Ländern ist das Praktikum nur im Rahmen des Studiums oder der Ausbildung möglich. Manche Staaten wollen sogar eine Studienbescheinigung sehen, bevor es ein Praktikumsvisum gibt. Studenten sind bei der Praktikumssuche sowieso immer ein wenig im Vorteil: Habt ihr erst einmal ein paar Semester hinter euch, stehen die Chancen auf eine Stelle schon besser; schließlich kann die Firma damit rechnen, keinen blutigen Anfänger an Land gezogen zu haben. Außerdem könnt ihr euch als Studenten an das akademische Auslandsamt eurer Heimat-Uni wenden, wenn es um Praktikumsinfos geht. Auch der DAAD hält Kontaktadressen und Infos über Förderprogramme bereit. Hier greift zum Beispiel wieder das Leonardo-Programm (siehe Seite 67), es gibt aber auch Stipendien für spezielle Fachbereiche wie etwa Ingenieurstudiengänge und Naturwissenschaften. Wenn ihr noch in der Ausbildung seid, aber Lust auf ein Praktikum im Ausland habt, wendet euch an „InWent" (siehe Seite 67).

KURZ & KNAPP

Gute Sprachkenntnisse sind für ein Auslandspraktikum unerlässlich. Eure Bewerbung solltet ihr in der Landessprache (es sei denn, die Geschäftssprache ist Englisch) und den dortigen Standards gemäß verfassen. In der Bewerbung, die mindestens ein halbes Jahr vorher auf den Weg geschickt werden sollte, gebt ihr einen präzisen Zeitraum an, in dem ihr arbeiten wollt. Angesichts des Aufwands sind zwei Monate bis zu einem halben Jahr sicherlich angebracht.

LINKS

www.wege-ins-ausland.de (Auflistung von Möglichkeiten und Anbietern von Auslandsaufenthalten)

www.europaserviceba.de (Informationen zu den Ländern)

www.rausvonzuhaus.de (Datenbank unter anderem zu Jobs und Praktika)

www.monster.de (weltweites Stellenportal)

www.job-galaxie.com (Stellenbörse mit Jobs im Ausland)

www.eurojobs.com (europaweite Stellenbörse)

GUT VORBEREITET

Ein Auslandsaufenthalt, vor allem ein längerer, will gründlich vorbereitet sein. Eine erste Anlaufstelle ist das Auswärtige Amt. Hier gibt's Informationen zu eurem Reiseland wie etwa Einreise- und zollrechtliche Bestimmungen oder die Adressen der deutschen Vertretungen. Unbedingt beachten solltet ihr die Sicherheitshinweise. Sie geben Auskunft darüber, wo Terrorgefahr herrscht, wo es für einen Ausländer brenzlig werden kann und wo ihr besser nicht hinfahren solltet. Verfolgt die aktuelle Entwicklung, wenn es nötig ist auch während eurer Reise.

KURZ & KNAPP

Reisewarnungen solltet ihr ernst nehmen. Sie werden ausgesprochen, wenn von der Reise in ein bestimmtes Land abgeraten wird. Schlimmstenfalls werden sogar dort lebende Deutsche aufgefordert auszureisen.

Reiseführer

Nichts geht über einen guten, umfassenden und trotzdem handlichen Reiseführer, der in jede Tasche passt. Blättert vor dem Kauf ruhig durch, ob er auf eure Interessen zugeschnitten ist: Seid ihr auf der Suche nach dem besten Strand oder doch eher nach den Insidertipps für Rucksacktouristen? Es gibt für jeden das Richtige. Gute Reiseführer gehen auf Einreisebestimmungen, Impfvorschriften und wichtige Gesetze ein, so dass sich das Lesen vor Reiseantritt lohnt. Ihr solltet euch auch über nationale Gepflogenheiten informieren – und sie respektieren.

KURZ & KNAPP

Im Ausland warten ungeahnte Fettnäpfchen auf euch. Eine Auswahl:

- Wenn euch ein Amerikaner fragt „How are you?", erwartet er nicht wirklich eine genaue Analyse eures Befindens. Ein schlichtes „Great!" reicht ihm auf seine Begrüßungsfloskel.
- Franzosen sind bekannt für ihre Esskultur. Im Restaurant setzt ihr euch nicht an den erstbesten Platz, sondern lasst euch einen Tisch zuweisen. Geflügel wird mit Messer und Gabel gegessen, Salatblätter werden gefaltet – nicht zerschnitten.
- Lautes Schimpfen oder Schreien ist in China unangebracht, das ist den Einheimischen nur peinlich. Eure Nase putzt ihr besser nicht in der Öffentlichkeit, dafür gibt's Toiletten.
- Ein Tabu in Indien: Kindern über die Haare zu streichen oder Erwachsene am Kopf zu berühren. Denn das Haupt ist der Sitz der Seele.
- Wertet es nicht gleich als Annäherungsversuch wenn ein Italiener nicht die gewohnte Distanz hält. Beim Gespräch steht man in Italien näher zusammen als in nördlichen Ländern. Ach ja, und macht lieber keine Scherze über die Mafia …
- Sprecht spanische Frauen immer mit Señorita an, Señora gilt nur für alte Damen.
- Der Ring aus Daumen und Zeigefinger – bei den Tauchern das Zeichen für OK – gilt in der Türkei als üble Beleidigung.
- In Dänemark solltet ihr vor eurem Zelt keine deutsche Flagge hissen, das verletzt den dänischen Nationalstolz und ist sogar strafbar.

Pass

Eine weltweit verbindliche Regelung, wie lange euer Pass bei der Einreise noch gültig sein muss, gibt es nicht. Geht vorsichtshalber von mindestens sechs Monaten aus, in einigen Ländern ist das ein Muss. Genaue Angaben, auch dazu, ob der Pass nötig ist oder vielleicht auch euer Personalausweis reicht, gibt's beim Auswärtigen Amt. Bei längeren Aufenthalten solltet ihr darauf achten, dass der Pass für die gesamte Dauer gültig ist. Einen neuen Pass und im Notfall auch ein vorläufiges Dokument beantragt ihr bei der für euren Wohnort zuständigen Passbehörde.

Tipp

Macht vor der Reise von eurem Pass und anderen wichtigen Dokumenten (Tickets, Impfausweis, Führerschein) Kopien, die ihr ebenfalls mitnehmt, aber unbedingt getrennt von den Originalen aufbewahren müsst. Ganz sicher geht ihr, wenn ihr auch noch einen Satz Kopien bei Freunden oder Verwandten hinterlegt. Die können dann notfalls helfen.

Visum

Wollt ihr in den USA einen dreiwöchigen Urlaub verbringen, könnt ihr ohne weiteres einreisen. Macht ihr aber ein Praktikum, müsst ihr euch vorab um ein spezielles Visum kümmern. Ähnlich sieht es bei vielen anderen Ländern außerhalb der EU aus. Ob ihr für eure Einreise ein Visum benötigt, könnt ihr beim Auswärtigen Amt in Erfahrung bringen oder bei der Vertretung eures Gastlandes in Deutschland. Dort müsst ihr auch das Visum beantragen. Denkt daran, dass es unterschiedliche Arten von Visa gibt, je nachdem, wie lange ihr bleiben und was ihr im Land machen wollt. Ihr solltet einkalkulieren, dass die Ausstellung eines Visums Geld und Zeit kostet.

LINK

www.auswaertiges-amt.de (ausführliche Länder- und Reiseinformationen)

GUT VERSICHERT

Niemand denkt gern an Unfälle oder Krankheiten. Doch auch unter der prächtigsten Urlaubssonne seid ihr davor nicht gefeit. Ehe ihr ahnungslos im Ausland steht und kein Wort versteht, notiert euch vor der Abreise schon mal wichtige Telefonnummern, etwa die von eurer Kranken- und eurer Haftpflichtversicherung. Auch die Automobilclubs sind in den meisten Ländern unter speziellen Notrufnummern erreichbar.

Reisekrankenversicherung

Die Reisekrankenversicherung ist die wichtigste Versicherung auf Reisen. Denn krank im Ausland: Das kann teuer werden. Wenn ihr ins Krankenhaus müsst, kann das Tausende Euro kosten, und die Leistungen werden von eurer gesetzlichen Krankenversicherung nur zum Teil (im außereuropäischen Ausland in der Regel gar nicht) abgedeckt. Zwar habt ihr mit der ***Europäischen Krankenversicherungskarte*** (diese gilt in Staaten des Europäischen Wirtschaftsraumes und der Schweiz) und Urlaubskrankenscheinen beispielsweise für die Türkei oder Tunesien das Recht auf Schutz nach Bestimmungen des Gastlandes, doch: Nicht alle Ärzte behandeln auf Krankenschein, und falls ein Rücktransport nötig ist, wird's richtig teuer. Deswegen ist es immer ratsam, eine private Reisekrankenversicherung abzuschließen, die diese Kosten trägt. Im außereuropäischen Ausland ist solch eine Versicherung ein Muss! Auch als privat Versicherte solltet ihr prüfen, inwieweit eure Versicherung medizinische Leistungen im Ausland trägt. Welche Reiseversicherung ihr braucht, richtet sich danach, wie lange ihr unterwegs seid: Schon für wenige Euro bekommt ihr eine Dauerpolice, die sich jedes Jahr automatisch verlängert. Sie bietet Schutz auf normalen Urlaubsreisen von je bis zu sechs Wochen. Bei längeren Aufenthalten bis zu einem Jahr müsst ihr eine Versicherung abschließen, deren Prämie sich nach der Zahl der Reisetage richtet. Auch für Auslandsaufenthalte, die länger als ein Jahr dauern, könnt ihr euch versichern.

Tipp

Wenn ihr Arzt oder Arznei selbst bezahlen müsst, hebt die quittierten Rechnungen auf und reicht sie nach eurer Rückkehr bei der Krankenkasse ein – vielleicht gibt es ja Geld zurück.

Reisehaftpflichtversicherung

Eigentlich solltet ihr bereits privat haftpflichtversichert (mehr dazu auf den Seiten 187 ff.) sein. Denn fügt ihr anderen Menschen oder deren Eigentum Schaden zu, kann euch das immense Kosten bescheren. In der Regel sind in diesen Privathaftpflichtversicherungen Auslandsreisen bis zu zwölf Monaten oder unbegrenzt mitversichert. In dem Fall ist eine Reisehaftpflichtversicherung unnötig. Erkundigt euch am besten direkt bei eurer Versicherung.

Reiseunfallversicherung

Diese Versicherung springt ein, wenn ihr nach einem Unfall dauerhaft körperlich geschädigt seid. Gegen das Unfallrisiko solltet ihr eigentlich schon zu Hause versichert sein – meist gelten die Versicherungen dann auch weltweit. Ist das bei euch der Fall, braucht ihr euch nicht um eine spezielle Reiseversicherung zu kümmern. Falls ihr riskante Sportarten ausübt, könnt ihr euch mit einer zusätzlichen Unfallversicherung absichern. Ihr müsst aber darauf achten, dass eure Sportart wirklich mitversichert ist.

Reiserücktrittsversicherung

Bucht ihr im Reisebüro euren Urlaub, werdet ihr meist gefragt, ob ihr eine Reiserücktrittsversicherung abschließen wollt. Die erstattet euch die Stornogebühren, falls ihr eure gebuchte Reise etwa wegen Krankheit nicht antreten könnt. Je näher eine Reise rückt, desto höher werden die Stornogebühren – für junge Leute ganz schön happig. Wenn ihr also eine recht teure Reise gebucht habt, kann sich die Versicherung lohnen. Sie ist allerdings auch nicht ganz billig. Ihr müsst also von Fall zu Fall entscheiden, ob es sinnvoll ist.

Reisegepäckversicherung

Ihr könnt nicht nur euch, sondern auch euer Gepäck versichern, nämlich gegen Verlust oder Beschädigungen. Die Sache ist aber recht teuer. Ihr solltet überlegen, ob es sich wirklich lohnt, zumal die Versicherung nur zahlt, wenn ihr ständig gut auf euer Gepäck aufgepasst habt. Je länger die Reise, desto wahrscheinlicher wird ein Schadensfall. Solltet ihr euch für die Versicherung entscheiden, vergleicht die Anbieter.

LINKS

www.dvka.de (Merkblätter zur verschiedenen Urlaubsländern)

www.reiseversicherung.com (Infos zu Reiseversicherungen und Vergleiche)

www.ess-europe.de (für Leute, die in der EU arbeiten oder studieren wollen)

DAS LIEBE GELD

Die Mischung macht's: Einen Schuss Bargeld, dazu Bank- und Kreditkarte sowie einige Reiseschecks – so kommt ihr gut durch den Urlaub. Meist ist es günstiger, Geld erst im Urlaubsland zu tauschen. Dennoch solltet ihr welches dabei haben, und zwar so viel, dass ihr gut über zwei Tage kommt. Denn wer weiß, vielleicht ist ganz unvorhergesehen Feiertag oder die Banker streiken – schon sitzt ihr auf dem Trockenen. Mit eurer Bankkarte (Maestro-Karte) erhaltet ihr in den meisten Teilen Europas problemlos Bares am Schalter oder Automaten. Am besten, ihr hebt immer so viel ab, dass sich die Gebühr auch lohnt; also keine Kleckerbeträge, die am Ende fünf Euro Transaktionsgebühr kosten. Geld abheben mit einer Kreditkarte solltet ihr besser nicht. Die lohnt sich dafür beim Bezahlen im Geschäft oder Restaurant – wenn sie akzeptiert wird, was vor allem kleinere Läden eher ungern tun. Steht eine Fernreise an, sollten auch Reiseschecks ins Gepäck. Die bestellt ihr vor eurer Reise bei eurer Bank. Die Kaufbestätigung verstaut ihr dann sicher und weit weg von den Schecks.

Werden die Schecks geklaut, werden sie euch bei Vorlage der Kaufbestätigung ersetzt. Wenn ihr für längere Zeit in einem Land lebt und arbeitet, lohnt es sich vielleicht sogar, ein Konto zu eröffnen. Die genauen Bedingungen erfragt ihr am besten vor Ort.

Tipp

Schreibt euch vor eurer Reise die Telefonnummern auf, über die ihr im Notfall eine abhanden gekommene Karte oder verlorene Schecks sperren lassen könnt.

Wenn ihr die Kosten für euren Urlaub kalkuliert, plant ein kleines Notfallpolster ein: Vielleicht soll es ja doch mal eine Nacht im Hotel statt im Zelt sein.

KURZ & KNAPP

Ein kleiner Ausgaben-Leitfaden. Ihr solltet Kosten einplanen für:

- Unterkunft
- Verpflegung (Eine warme Mahlzeit am Tag sollte doch drin sein, oder?)
- Öffentliche Verkehrsmittel / Mietwagen
- Trinkgelder
- Eintrittsgelder
- Arzt / Apotheke
- Extras (besondere Ausflüge, Shopping-Tour, Souvenirs)

LINKS

www.kartensicherheit.de (SOS-Infopass für unterwegs)
www.umrechnung24.de (Währungsrechner)

Rabatte mit dem Studentenausweis

Universität – das Wort ist in vielen Ländern ein Begriff. Deswegen kommt ihr vielleicht auch mit dem Studentenausweis eurer Heimat-Uni an die verbilligte Eintrittskarte im Museum oder den Rabatt für die Unterkunft. Doch verlassen könnt ihr euch darauf nicht. Ohne Hürden zur Ermäßigung – das verspricht die International Student Identity Card

(ISIC), nach Selbstauskunft „der einzige Nachweis des Studierendenstatus, der weltweit anerkannt wird". Die Karte kostet zwölf Euro und gilt jeweils 16 Monate (von September bis Dezember des darauffolgenden Jahres). Ihr bekommt den Ausweis in studentischen Reisebüros oder beim Studentenwerk.

LINK

www.isic.de (alles rund um die International Student Identity Card)

IMMER GESUND

Je individueller ihr unterwegs seid und je tiefer ihr ins Hinterland vordringt, desto mehr Gedanken solltet ihr euch über die Gesundheitsvorsorge machen – und das frühzeitig. Für einige Länder sind spezielle Impfungen ratsam, zum Teil auch Pflicht. Fahrt ihr etwa nach Mittel- und Südamerika, Südosteuropa, Afrika oder Asien, ist eine Hepatitis-A-Impfung empfehlenswert. Bei der Gelegenheit solltet ihr schauen, wie es insgesamt um euren Impfschutz bestellt ist. Wenn es in die Tropen geht, ist auch immer das Thema Malaria aktuell. Befolgt ihr die grundsätzlichen Regeln des Mückenschutzes (lange Kleidung, Moskitonetz, insektenabweisende Mittel etc.), wird das Ansteckungsrisiko schon erheblich gesenkt. Mit einem Arzt solltet ihr besprechen, ob eine medikamentöse Malariavorbeugung sinnvoll ist. Bei Fragen der Gesundheitsvorsorge helfen euch neben eurem Arzt auch Krankenkasse, Gesundheitsamt oder – in exotischen Angelegenheiten – ein Tropeninstitut weiter.

Die Reiseapotheke

Anwendungsgebiet: Für die kleinen „Notfälle“ unterwegs, wobei ihr natürlich nicht für alle Eventualitäten gerüstet sein könnt. Vergesst auch nicht die Medikamente, die ihr immer einnehmen müsst und plant eine Reserve ein.

Gegenanzeigen: Bringt die „Selbstversorgung“ nichts, müsst ihr euch wohl oder übel an einen Arzt im Reiseland wenden.

Zusammensetzung: Medikamente gegen

→ Fieber und Schmerzen
→ Durchfall
→ Verstopfung
→ Erbrechen und Übelkeit (auch Reiseübelkeit)
→ Erkältung, Husten und Schnupfen
→ Hals- und Ohrenschmerzen
→ Augenentzündungen

Die Wirkung eurer Reiseapotheke wird verstärkt durch:

→ Verbandsmaterial und Desinfektionsmittel
→ Sonnenschutz
→ Insektenschutz
→ Pinzette
→ evtl. ein Fieberthermometer.

Tipp

Wenn ihr die folgenden Hinweise beherzigt, könnt ihr in Ländern mit niedrigen Hygienestandards Erkrankungen vorbeugen:

- Trinkt kein Leitungswasser.
- Verzichtet auf Eiswürfel.
- Lasst die Finger von Getränken aus nicht verschlossenen Flaschen.
- Trinkt keine frische oder ungekochte Milch.
- Vorsicht bei frisch gepressten Säften, wie sieht es mit der Hygiene aus?
- Verzichtet auf rohes Fleisch, rohen Fisch und Speiseeis.
- Esst nur frisch gekochtes Gemüse und frisch geschältes Obst.

LINKS

www.bzga-reisegesundheit.de (alles rund um die Reisegesundheit, speziell für junge Leute)
www.fit-for-travel.de (Infos für gesundes Reisen)
www.crm.de (umfangreiche Länderinformationen)

SCHULE VORBEI –

und
jetzt
?

„ **DIE ZUKUNFT DER**

Menschheit

LIEGT IN KARTONS"

Einmal im Leben ereilt einen jeden Schüler die Berufsberatung, meist in Person einer rundlichen Mitt-Fünfzigerin mit kurzen Locken. Die empfiehlt einem, entweder Lehrer zu werden oder Berufsberaterin. Will der Schüler ein größeres Menü, wird er ins Berufsinformationszentrum (BIZ) geschickt und dort an einen Computer angeschlossen. Der fragt dann, ob man Tiere mag und kommt prompt zu dem Ergebnis, man solle Tierarzt werden. Bis zum eigentlichen Berufseinstieg hat man diese „guten Tipps" hoffentlich vergessen. Wer den Schmu nicht durchschaut hat, wird dann tatsächlich Tierarzt, Lehrer oder gar Berufsberater. Als solcher erzählt er der nächsten Generation dann wieder, was sie machen soll. Ein paar Dumme finden sich immer, so geht das schon seit 5000 Jahren.

Halten wir fest: Berufsberatung für Schüler ist schlimm! Ganz schlimm! Furchtbar und sinnlos! Auch, weil man danach nicht mehr glaubt, dass das BIZ einem später mal sehr nützlich sein kann (s.u.). Es gilt also, sie zu meiden. Um dieses Ziel zu erreichen, ist es äußerst nützlich, endlich 18 zu sein. Denn was sich vor dem wichtigsten Geburtstag noch Betrug schimpfte oder „übelster Beschiss", heißt jetzt endlich so, wie es heißen muss: eigenverantwortliches Handeln. Soll heißen, der Schüler kann sich jetzt endlich seine Entschuldigungen selbst schreiben – und das völlig legal. Die Fantasie hat freien Lauf. „Als ich heute früh erwachte, dachte ich, mein Bein wäre weg. Ich suchte lange, bis ich den Irrtum bemerkte. Mein Bein war nämlich noch dran. Leider verpasste ich so die Berufsberatung. Jetzt geht es mir besser. Ich bitte um Vergebung." Sowas ist natürlich ziemlich krank, wird aber vom Lehrer akzeptiert werden müssen. Ein schlechtes Gewissen ob solchen Handelns ist im Falle des Berufsberatungstermins völlig fehl am Platz. So etwas ist Notwehr. Wenn ein verrückter Penner mit einer Schaufel auf einen eindreschen will, wehrt man sich ja auch. Hm. Vielleicht ein schiefer Vergleich – aber grundsätzlich doch gar nicht so weit weg.

Genauso zwangsläufig wie zum Besuch der Berufsberaterin kommt es in einem jungen Leben zum ersten Vorstellungsgespräch. Hier trifft man dann gewöhnlich auf einen Menschen mit lustiger Frisur und Chef-Wanst. Über seine Witze muss man nicht lachen – es sei denn, sie sind gut, sind sie aber meist nicht. Aber ein bisschen verstellen sollte man sich schon. „Ich habe mich schon immer für die Produktion von Kartons interessiert, auch viele Bücher darüber gelesen. Ich denke, die Zukunft der Menschheit liegt in Kartons“ – so in etwa geht's, wenn man die Lehrstelle in der Buchhaltung des Verpackungsmaterial-Konzerns unbedingt haben will. Viele finden so (oder so ähnlich) einen Ausbildungsplatz. Andere nicht. Die haben dann meist Abitur und beschließen zu studieren. Auf diese Weise entgehen sie – zumindest vorläufig – dem Mann in der Kartonfabrik, was ja durchaus was für sich hat.

Jene Studienanfänger fühlen sich magisch angezogen von hohen, hässlichen Häusern, in denen auch andere Studenten gestapelt werden (Studentenwohnheime genannt). Hat der Jungstudent Glück, kommt er zu der blutjungen Austausch-Spanierin, die immer laut ist und deren Freundinnen nicht weniger kreischen. Hat er Pech, kommt er zu einer Art Monsterfrau, die zwar auch brüllt, aber nur, weil sie sich dank ihrer zweieinhalb Zentner Lebendgewicht in der Dusche verletzt hat.

Da stehen sie nun also, die jungen Menschen, umzingelt von Karton-Magnaten, Austauschstudentinnen und der Monsterfrau im 28. Semester und wünschen sich nur eines: zurück zu der sympathischen Beraterin vom Arbeitsamt, die einen vor all dem beschützen wollte. Doch nie wieder wird sie kommen, die Gute – man kommt höchstens zu ihr, wenn man nicht weiter weiß. Das wirkliche Leben beginnt aber meist erst mal ohne sie.

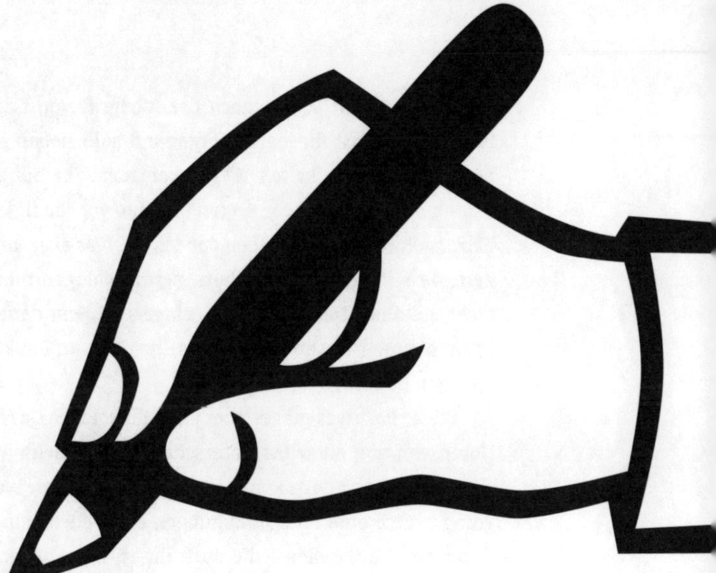

Aus-BILDUNG

Irgendwie ist Schule doch der Inbegriff von Gängelung. Wenn ihr Pech habt, müsst ihr jeden Morgen um halb sieben raus und habt dann noch eine Stunde kalten Weges vor euch. Ihr hängt schlafend in der S-Bahn oder im Bus, eure Augen brennen vor Müdigkeit. Wenn ihr Glück habt, wohnt ihr gleich neben der Schule. Was aber auch nichts daran ändert, dass ihr euch mit Fächern herumschlagen müsst, die ihr absolut nicht abkönnt. Dass da einige Lehrer sind, von denen ihr euch einfach nicht benoten lassen wollt. Dass ihr das Stundenklingeln nicht mehr ertragen könnt.

Etwas Positives gibt es aber jetzt: Ihr seid 18. Das heißt, ihr dürft eure Noten von nun an selbst unterschreiben. Den leidigen Leistungsdiskussionen mit den Eltern könnt ihr also gut aus dem Weg gehen. Und, wie gesagt: Auch eure Entschuldigungen muss euch kein Erziehungsberechtigter mehr ausstellen – die dürft ihr ab 18 selbst schreiben. Irgendwie reicht's euch jetzt trotzdem mit dem Laden? So groß die Freude über das bevorstehende „Raus aus der Schule“ aber auch sein mag, es schwingt immer ein wenig Furcht mit, wenn ein Lebensabschnitt zu Ende geht. Womöglich verstreuen sich eure Freunde in entlegene Ecken und Gegenden; ihr seht euch nicht mehr „einfach so“ jeden Tag. Und nicht zuletzt hatte der geregelte Schulablauf ja auch den Vorteil, dass man sich keine Gedanken darüber machen musste, was man eigentlich will. Das ist jetzt vorbei. Ihr bestimmt von nun an selbst, wie es mit euch weitergehen soll – und müsst, falls ihr es noch nicht so genau wisst, schnell herausfinden, was ihr könnt.

BERUFSWAHL

Wer sein Abitur mit passabler Note gemacht hat, zieht oft eine Ausbildung gar nicht in Erwägung. Das Studium gilt vielen als die einzige Möglichkeit, beruflich weiterzukommen. Warum eigentlich? Gerade Abiturienten haben gute Chancen, schnell einen Ausbildungsplatz zu ergattern. Klare Strukturen, überschaubarer Zeitaufwand und ein eindeutiger Berufsweg – das sind die Gründe, weshalb es sich zumindest für praktisch Veranlagte lohnt, einen genauen Blick auf Ausbildungsberufe zu werfen. Die Möglichkeiten sind vielfältig, reichen von der traditionellen Bäckerlehre über den modernen „Mediengestalter in Bild und Ton" bis hin zu ausgefallenen Berufen wie dem Hutmacher.

Wer mit Erfolg eine Ausbildung gemacht hat, der hat einen Beruf erlernt; er hat sozusagen schriftlich, was er kann. Das Pendeln zwischen Schule und Arbeiten im Betrieb bietet außerdem Abwechslung. Für viele ist der geregelte Ablauf der Ausbildung gut, denn an den Universitäten mit ihren vielen Wahlmöglichkeiten kann man sich schnell in all der Freiheit verlieren.

Es handelt sich hierbei um nichts Geringeres als eine der wichtigsten Entscheidungen eures Lebens. Mit der Berufswahl solltet ihr es euch also nicht zu einfach machen. Glück hat, wer schon während seiner Schulzeit gespürt hat, was ihm liegt und was er machen möchte. Habt ihr immer gerne „gehandwerkelt" und schon das eine oder andere Regal gebaut, dann wisst ihr, ihr könnt euch um einen Ausbildungsplatz als Tischler bewerben. Sticht bei euch die Begabung nicht gleich hervor, dann müsst ihr euch auf die Suche begeben – auf die Suche nach den eigenen Talenten. Am besten geht das, indem ihr euch einige Fragen stellt und die Antworten notiert. Lasst den Zettel ruhig einige Tage lang auf eurem Schreibtisch liegen und lest immer mal wieder drüber, um zu sehen, ob ihr nach wie vor derselben Meinung seid. So könnt ihr schon einmal eingrenzen, welche Fähigkeiten ihr habt. Wichtig: Bald solltet ihr auch Freunde und Familie in eure Überlegungen einbeziehen. Die werden euch schnell sagen, ob sie eurer Selbsteinschätzung zustimmen.

KURZ & KNAPP

Folgende Fragen solltet ihr euch stellen – und ehrlich beantworten:

- In welchen Fächern bin ich besonders gut?
- Welche Hobbys habe ich?
- Bin ich handwerklich geschickt? Oder doch eher naturwissenschaftlich, technisch oder geisteswissenschaftlich interessiert und begabt?
- Kann ich gut rechnen?
- Bin ich ein kreativer, künstlerisch veranlagter Mensch?

- Wie gut sind meine Computerkenntnisse?
- Wie steht es um meine Fremdsprachenkenntnisse?
- Kann ich gut organisieren? Besitze ich einen ausgeprägten Ordnungssinn?
- Arbeite ich lieber allein, oder brauche ich den Umgang mit vielen Menschen?
- Gibt es gesundheitliche Beeinträchtigungen? (Wer Hautprobleme und Allergien hat, kann beispielsweise nicht Friseur werden, weil man da – etwa beim Haarefärben – ständig Kontakt mit Chemikalien hat.

Wenn ihr eure Stärken und Schwächen einigermaßen realistisch herausgefunden habt, solltet ihr euch überlegen, welche Wünsche und Erwartungen ihr an euren zukünftigen Beruf habt. Wenn euch Lärm nervös macht, dann braucht ihr einen eher ruhigen Arbeitsplatz. Welche eurer Vorstellungen sollte der Job auf jeden Fall erfüllen? Wollt ihr lieber im Freien oder im Büro arbeiten? Wollt ihr viel verdienen? Die Zahl der möglichen Fragen ist groß.

Vielleicht kommt euch ja allmählich schon in den Sinn, was ihr gerne werden möchtet. Falls ihr aber weitere Orientierungshilfe braucht, seid ihr mit diesen Überlegungen schon bestens vorbereitet für ein Beratungsgespräch. Dafür gibt's das Berufsinformationszentrum (kurz: BIZ) bei der Bundesagentur für Arbeit. Vereinbart dort einen Termin mit einem Berufsberater. Ihr werdet schnell merken, ob der Berufsberater euer „Fall" ist oder nicht. Oft stößt man auf verknöcherte Berater, die von der bösen Arbeitswelt da draußen keine Vorstellung haben. Einen Besuch ist das BIZ aber jetzt, wo die Initiative von euch ausgeht, auf jeden Fall wert, zumal ihr dort auch zahlreiche Broschüren über verschiedene Berufe mitnehmen könnt. Mit ein bisschen Glück stoßt ihr sogar auf ein Berufsbild, das ihr noch gar nicht kanntet. Jedes Jahr wird die Liste der staatlich anerkannten Ausbildungswege länger. So gibt es seit 2005 beispielsweise den Beruf „Kaufmann für Tourismus und Freizeit". Ein Verzeichnis aller möglichen Ausbildungsberufe findet ihr auf der Webseite des Bundeswirtschaftsministeriums. Hinter www.berufenet.arbeitsagentur.de verbirgt sich eine weitere Internetseite, die euch gerade am Ende der Entscheidungsfindung sehr weiterhelfen kann. Dort findet ihr Informationen zu allen Ausbildungsberufen – und vor allem Adressen. Kontaktdaten von Unternehmen eurer Wunschbranche gibt es auch bei der Arbeitsagentur – am besten, ihr fragt schon während des Beratungsgesprächs danach.

Begrenzt eure Suche nach einem Ausbildungsunternehmen wenn möglich nicht nur auf euren Heimatort. Die Bereitschaft zum Umzug kann die Chance auf einen Ausbildungsplatz entscheidend erhöhen.

Tipp

Die Seite www.berufenet.arbeitsagentur.de/berufe von der Arbeitsagentur ist zwar nicht sehr übersichtlich, bietet aber die ausführlichste Auflistung aller Berufe. Besonders hilfreich: Man findet dort auch Berufe, die mit dem eigenen Wunschberuf verwandt sind. Wenn ihr beispielsweise „Bäcker" in das Suchfeld eingebt, so erscheinen in der Ergebnisliste auch verwandte Berufe wie „Pizzabäcker" oder „Konditor". Auch nach Jobs in einzelnen Berufsfeldern kann man schauen. Einfach mal stöbern!

LINKS

www.berufenet.arbeitsagentur.de (die Berufssuche der Arbeitsagentur)

www.bmwi.de/BMWi/Navigation/Ausbildung-und-Beruf/ausbildungsberufe.html (Übersicht der anerkannten Ausbildungsberufe auf der Seite des Bundesministeriums für Wirtschaft und Technologie)

www.bmbf.de/pub/schule_und_dann.pdf (Ratgeber des Bundesministeriums für Bildung und Forschung zum Download)

www.lehrstellenfuchs.de (Online-Lehrstellenvermittlung)

www.planet-beruf.de (Tipps rund ums Bewerben)

www.ausbildung-plus.de (Überblick über mögliche Zusatzqualifikationen für Azubis)

www.ich-kann-etwas.de (Ausbildungs-ABC, Praktikumsbörse und Vieles mehr)

Girls' Day

Seit 2001 findet jährlich der so genannte Girls' Day statt. Es handelt sich dabei um eine Art „Tag der offenen Tür für Mädchen", gefördert unter anderem von zwei Bundesministerien. Viele Unternehmen machen inzwischen mit und stellen die bei ihnen praktizierten Berufe gezielt für Mädchen vor. Im Internet könnt ihr schnell herausfinden, wann der nächste „Girls' Day" stattfindet und welche Betriebe in eurer Nähe daran teilnehmen. Hintergrund dieser Aktion ist: Immer mehr Mädchen verfügen über eine sehr gute Bildung, ziehen aber doch oft nur „klassische Frauenberufe" in Erwägung. Der „Girls' Day" soll Frauen auch mal in Labors und Werkstätten führen – und ihnen so die Unsicherheit gegenüber „Männerdomänen" nehmen.

LINK

www.girls-day.de (offizielle Webseite der Girls'-Day-Veranstalter)

WAS ZU EINER GUTEN BEWERBUNG GEHÖRT

Der Chef oder Personalleiter, auf dessen Schreibtisch eure Bewerbung landet, hat wahrscheinlich täglich einen Riesenberg solcher Mappen abzuarbeiten. Das heißt, bei dem kleinsten Fehler landet eure Bewerbung im Papierkorb. Aber keine Panik! Im Grunde ist es nicht so schwer, eine gute Bewerbung abzuliefern. Ihr müsst diese Aufgabe nur ernst nehmen und sorgsam erledigen; vielleicht auch mal die Deutschlehrerin Korrektur lesen lassen und den Duden lieber einmal zu oft zu Rate ziehen.

Tipp

Auf den kommenden Seiten findet ihr nur einen groben Leitfaden zum Thema „Bewerbungen schreiben". Wer ausführliche Informationen braucht, dem sei folgendes Buch ans Herz gelegt: Jürgen Hesse, Hans Chr. Schrader: „Die perfekte Bewerbungsmappe. Kreativ – überzeugend – erfolgreich", Eichborn Verlag 2006

Telefonisch

Wenn ihr ganz viel Glück habt, reicht schon ein Anruf, um zum Vorstellungsgespräch eingeladen zu werden. Kleine Handwerkerbetriebe machen das mitunter so. In erster Linie ist ein Anruf bei der Wunsch-Firma aber wichtig, bevor ihr eine schriftliche Bewerbung erarbeitet. Ihr solltet euch vorher notieren, was ihr wissen möchtet. Haltet während des Telefonats den Zettel und einen (funktionierenden) Stift bereit. Vorsicht: Montag Vormittag und Freitag Nachmittag sind garantiert ungünstige Zeiten für euren Anruf. Vielleicht könnt ihr schon im Vorfeld den Namen des (Personal-)Chefs herausfinden und euch direkt mit ihm verbinden lassen. Wenn nicht, müsst ihr euch über die Zentrale zu der (hoffentlich richtigen) Person durchstellen lassen. Wird euch gesagt, dass der Chef gerade keine Zeit habe, hakt nach, wann ihr es noch einmal versuchen könnt! Und: Immer schön höflich sein! Stoßseufzer vermeiden!

KURZ & KNAPP

Wenn ihr den richtigen Ansprechpartner am Telefon habt, stellt euch kurz vor (Name, Schulabschluss) und nennt euer Anliegen, einen Ausbildungsplatz zu bekommen. Auf einem Zettel solltet ihr folgende Fragen notiert haben:

- Ist denn die Ausbildungsstelle noch frei?
- Wenn ja: In welcher Form wünschen Sie sich die Bewerbung? Per E-Mail oder per Post? Vielleicht sogar handschriftlich? Soll sie direkt an Sie oder an einen Kollegen adressiert sein?

Vielleicht habt ihr jetzt noch Fragen zum Ablauf der Ausbildung. Stellt Sie! Wichtige Infos sofort notieren! Fallt eurem Ansprechpartner auf keinen Fall ins Wort. Und zieht das Gespräch nicht unnötig in die Länge! Wenn eure Fragen beantwortet sind, bedankt euch freundlich und verabschiedet euch mit einem netten Satz wie „Gut, dann bekommen Sie bald Post von mir! Auf Wiederhören."

Schriftlich

Damit eure Mappe neben den vielen anderen auf dem Schreibtisch des Personalchefs einen guten Eindruck macht, zählt jedes Detail. Und das fängt bereits mit Äußerlichkeiten an: Wählt nicht gerade die billigste Mappe. Hefter (neu gekauft) in schönen, aber dezenten Farben heben sich vom üblichen Schwarz ab. Papier solltet ihr im Schreibwarenladen kaufen. Nehmt am besten etwas festeres Papier, das wirkt edler.

Das Deckblatt

Das Deckblatt vermittelt dem Personalchef einen ersten Eindruck von euch. Sollte beim Ausdrucken also die Tinte etwas verwischt sein – lieber das Ganze wiederholen!

Auf dem Deckblatt steht im oberen Bereich der Betreff, also so etwas wie „Bewerbung um eine Ausbildung als Kauffrau im Einzelhandel". Außerdem gehört ein Portraitfoto von euch dazu – entweder sorgfältig aufgeklebt oder gescannt. Urlaubsfotos, auf denen ihr eure Freundin oder euren Freund heißverliebt küsst, behaltet ihr lieber für euch. Es sollte ein seriöses Bewerbungsfoto in entsprechender Kleidung sein, das am besten ein Fotograf gemacht hat.

In den unteren Bereich des Deckblatts gehören eure Kontaktdaten: Name, Adresse, Telefonnummer und E-Mail-Adresse (am besten eine nach dem Schema Vorname.Nachname@...). Wenn ihr wollt, könnt ihr auch noch den Inhalt der Bewerbungsmappe hier auflisten. Gestaltet diese erste Seite luftig, lasst also viel Platz, damit sie nicht überladen wirkt. Die auf dem Deckblatt verwendeten Gestaltungselemente solltet ihr auf jeder Seite eurer Bewerbung durchziehen: Gleiche Schriftart, gleiche Farben. Je kreativer der angepeilte Beruf ist, desto mehr Variation dürfte zwar erlaubt und gefragt sein. Trotzdem ist von allzu vielen Spielereien mit Bildchen und Farben, Schriftarten und Schmuckelementen abzuraten.

Das Anschreiben

Ein Standardanschreiben für alle Berufe, das gibt es leider nicht. Ihr müsst also wirklich Kreativität aufbringen, um den Empfänger von euch zu überzeugen. Wichtig: Fasst euch kurz, denn eine einzige Seite (bei Schriftgröße elf oder zwölf Punkt und Zeilenabstand ein- oder 1,5-zeilig) muss reichen! Bei der Anrede ist wichtig: Bloß keinen Schreibfehler machen, und vorher herausfinden, ob derjenige überhaupt noch Chef ist. Habt ihr im Vorfeld keine Namen ausfindig machen können, so ist auch ein „Sehr geehrte Damen und Herren," völlig okay.

Ihr kennt das vom Deutschaufsatz: Der Einstieg ist das Schwerste. Oft hilft es, erst den leichteren Mittelteil zu schreiben, dann fällt euch zum Schluss auch der richtige Einleitungssatz ein. Mit Sätzen wie „Hiermit bewerbe ich mich bei Ihnen um einen Ausbildungsplatz als ..." oder „Gerne möchte ich mich bei Ihnen bewerben um..." könnt ihr nichts falsch machen, hervorstechen werdet ihr damit aber nicht. Habt ihr vorher mit dem Unternehmen telefoniert, dann bezieht euch unbedingt auf das Gespräch: „Wie am 12.04.2006 telefonisch vereinbart, sende ich Ihnen hiermit meine Bewerbung um einen Ausbildungsplatz." Wenn es sich anbietet und nicht zu arg an den Haaren herbeigezogen ist, traut euch ruhig, einen originelleren Einstieg zu wählen: „Fast jeden Morgen stehen Ihre Brötchen auf unserem Frühstückstisch" könntet ihr schreiben, wenn ihr eine Lehre beim Bäcker um die Ecke machen möchtet. „Sie schenken mir stets einen leckeren Start in den Tag, was mich in dem Wunsch bestärkt hat, bei Ihnen eine Ausbildung zu absolvieren." Spinnt einfach mal ein wenig herum. Wenn sich partout nichts Originelles anbietet, macht ihr mit dem konventionellen Einstieg ja auch nichts falsch.

Im Hauptteil des Anschreibens beschreibt ihr euch kurz selbst und hebt die Punkte hervor, die euch gerade für diesen Beruf geeignet erscheinen lassen. Spätestens hier gehört auch die Begründung hin, weshalb ihr ausgerechnet in diesem Unternehmen eure Berufsausbildung absolvieren möchtet. Habt ihr in der Branche oder sogar in dem Unternehmen schon einmal ein Praktikum absolviert, dann erwähnt das! Qualifizieren euch Fremdsprachenkenntnisse, führt auch diese auf.

Es ist nicht leicht, die Balance zu halten zwischen Arroganz und dem guten Verkaufen der eigenen Fähigkeiten. Unverschämtheiten wie „Jemanden besseren als mich werden Sie nicht finden" gehen natürlich nicht. Umgekehrt solltet ihr aber auch eure Schwächen („In Mathe war ich nie gut, deshalb möchte ich Fremdsprachensekretärin werden.") nicht auf dem Präsentierteller servieren.

Im Internet und auch im BIZ gibt es jede Menge Muster-Bewerbungen. Die können euch eine wunderbare Orientierungshilfe sein. Wichtig ist aber trotzdem, dass sich eure Bewerbung von den anderen deutlich abhebt.

Einen guten „Abgang“ im Anschreiben macht ihr mit freundlichen Sätzen wie „Für weitere Auskünfte stehe ich Ihnen gerne zur Verfügung, sowohl telefonisch als auch in einem Vorstellungsgespräch“ oder „Ich hoffe, es ist mir gelungen, Sie von mir als geeigneten Auszubildenden zu überzeugen. Über eine Einladung zu einem Vorstellungsgespräch würde ich mich deshalb sehr freuen. Mit freundlichen Grüßen, ...“ Die eigenhändige Unterschrift nicht vergessen!

Ganz unten sollten, gerne auch in etwas kleinerer Schrift, die Anlagen aufgeführt sein – und zwar in der Reihenfolge, in der sie auch beigelegt sind. Wenn ihr die Anlagen schon auf dem Deckblatt habt, ist das natürlich nicht nötig.

Tipp

Mit „Ich“ am Satzanfang solltet ihr das ganze Anschreiben über sparsam umgehen. Das kommt beim Leser schnell als Ich-Bezogenheit an. Aber auch nicht krampfig umgehen („Meine Person ist überzeugt davon, dass wir ...“).

Der Lebenslauf

Hier kommt es nicht auf große Worte an. Sondern darauf, wer ihr seid und was ihr schon so alles gemacht habt. In euren Lebenslauf packt ihr stichpunktartig das, was über euch zu sagen ist. Achtet darauf, die Gestaltungselemente, die ihr bei Deckblatt und Anschreiben verwendet habt, beizubehalten. Wichtig: Euer Lebenslauf darf nicht mehr als zwei Seiten umfassen und muss sehr (sehr!) übersichtlich strukturiert sein, damit der Personalchef sofort erfasst, wie euer Werdegang verlaufen ist. Wenn ihr euer Foto nicht bereits auf das Deckblatt geklebt oder gedruckt habt, dann gehört es nun rechts oben auf den Lebenslauf.

Gliederungspunkte für den Lebenslauf können sein: „Persönliche Angaben“ wie Name, Adresse, Geburtsdatum, Geburtsort; „Schulbildung“ (worunter ihr chronologisch die von euch besuchten Schulen aufzählt); „Praktika“; „Fremdsprachen“; „Hobbys“ und „Sonstiges“. Vergesst keine wichtigen Details. Gerade unter „Sonstiges“ könnt ihr vom

Führerschein bis hin zum Engagement in der Kirche oder eurer Mitgliedschaft in Vereinen alles aufzählen. So zeigt ihr, dass ihr vielseitig interessiert und engagiert seid. Am Ende des Lebenslaufs stehen Ort, Datum und wieder die eigenhändige Unterschrift.

Die Anlagen

So wie ihr sie auf dem Deckblatt oder im Anschreiben aufgelistet habt, legt ihr nun die so genannten Anlagen als Kopien bei: Abschlusszeugnis der Schule, Urkunden oder ähnliche Auszeichnungen, Arbeitszeugnisse früherer Jobs usw. Wenn ihr schon mal irgendwo gejobbt habt, lasst euch unbedingt ein Arbeitszeugnis ausstellen. Aber Achtung: Schaut euch genau an, was drinsteht! Solche Zeugnisse sind nämlich mehr oder weniger Geheimcodes, mit denen sich Arbeitgeber untereinander verständigen, weil eindeutig Negatives zu schreiben gegen das Arbeitsrecht verstößt. Floskeln wie „hat nie Anlass zu Klagen gegeben" bedeuten in diesem Code, dass ihr nie Lob bekommen habt. „War stets pünktlich" ist etwas mager, wenn es das einzig Positive ist, was es über euch zu sagen gibt. Und „war stets um rechtzeitige Fertigstellung bemüht" heißt, dass ihr es nie geschafft habt, etwas pünktlich zu erledigen. Im Internet findet ihr die „Übersetzungen" dieser Formulierungen.

Beurteilungen eurer Praktika gehören auch in die Anlagen. Es ist immer von Vorteil, mehr als das eine Pflichtpraktikum während der Schulzeit gemacht zu haben. Praktika helfen, Kontakte zu knüpfen und Arbeitsroutine zu bekommen.

LINKS

www.studis-online.de/Karriere/arbeitszeugnis.php (was in eurem Arbeitszeugnis stehen sollte)

www.arbeitszeugnis-code.de/floskeln.htm („Übersetzungen" der Floskeln in Arbeitszeugnissen)

Tipp

Lasst die Bewerbung von mehreren Leuten Korrektur lesen, damit sich – vor allem beim Namen des Chefs und in der Adresszeile – keine Fehler einschleichen. Wenn ihr eure Bewerbung sorgfältig geschrieben und gestaltet habt, könnt ihr euch immer damit beruhigen, dass es jede Menge „Schludriane" da draußen gibt, die zerknittertes Papier voller Rechtschreibfehler abschicken. Um so mehr könnt ihr punkten, wenn eure Mappe Sorgfalt, Sauberkeit und Seriosität ausstrahlt. Eselsohren verboten!

Online

Immer mehr Unternehmen akzeptieren Bewerbungen per E-Mail oder wünschen sich diesen Weg sogar. Wählt diese Variante trotzdem nicht auf gut Glück, sondern nur, wenn die Firma sie ausdrücklich erwähnt hat. Junge Unternehmen, die viel mit neuen Medien arbeiten, werden E-Mail-Bewerbungen willkommen heißen, der kleine, alte Bäckermeister aber eher nicht.

Auch wenn man per E-Mail ganz bequem mehreren Adressaten auf einmal dasselbe Dokument senden kann: Verschickt eure Bewerbungen immer einzeln! Die Empfänger sollen schließlich nicht im Adressfeld sehen, wo ihr euch noch überall mit denselben Lobhudeleien auf das „Traum-Unternehmen" beworben habt. In diesem Sinne ist es auch wichtig, den Chef oder Personalleiter persönlich anzumailen und anzureden. Ihr solltet also im Vorfeld die persönliche E-Mail-Adresse eures Ansprechpartners herausfinden – nicht zuletzt auch, weil E-Mails an „info@firma.de" gerne irgendwo versanden. Wo wir gerade bei den E-Mail-Adressen sind: Ihr schreibt hoffentlich nicht unter „sexyvamp92@gmail.com", sondern unter einer Adresse, die schlicht und einfach euren vollständigen Namen enthält. Smileys sind in geschäftlichen E-Mails übrigens auch tabu ;-)

Vergesst auch nicht, eine aussagekräftige Betreffzeile zu wählen. Ansonsten sollte die Online-Bewerbung das Gleiche enthalten wie die postalische: Ihr müsst euch in der Mail vorstellen, dabei erklären, wie ihr von der Ausbildungsstelle erfahren habt und warum ihr sie haben möchtet. Schreibt keine bunten HTML-Mails mit verschnörkelten Schriften, sondern besser im ganz einfachen Textformat („plain text"). Euren

Lebenslauf könnt ihr als Datei anhängen; wenn's geht, im PDF-Format. Und wenn ihr ein Bewerbungsfoto beifügt, achtet darauf, dass es nicht mehr als etwa 150 Kilobyte hat (jpeg-Format) und ihr trotzdem gut zu erkennen seid. Größere Datenpakete verärgern den Adressaten unter Umständen, weil das Öffnen sehr lange dauern kann.

Vielleicht habt ihr außerdem eine eigene Homepage, auf die ihr verweisen könnt. Das bringt dann etwas, wenn dort für den Arbeitgeber interessante zusätzliche Informationen warten. Und solltet ihr Arbeitszeugnisse in elektronischer Form besitzen, könnt ihr auch diese noch anhängen. Schreibt eure Anschrift und Telefonnummer direkt in die E-Mail, damit man sich schnell und problemlos bei euch melden kann!

Tipp

Nach dem Abschicken eurer Bewerbung werdet ihr nervös auf eine Antwort warten. Eine harte Zeit. Aber drei Wochen solltet ihr dem Unternehmen mindestens Zeit geben, bevor ihr telefonisch nachfragt, ob eure Bewerbung eingegangen ist und wann ihr mit einer Reaktion rechnen könnt. Wurde in der Anzeige darum gebeten, von telefonischen Nachfragen abzusehen, dann müsst ihr das leider erst einmal respektieren. Nach zwei Monaten ist aber auch in solchen Fällen eine freundliche Nachfrage erlaubt. Ihr wollt schließlich wissen, woran ihr seid und wie es mit euch weitergeht.

DAS VORSTELLUNGSGESPRÄCH MEISTERN

Herzlichen Glückwunsch! Ihr habt die erste Hürde geschafft und seid aus einer Vielzahl von Bewerbern zum Vorstellungsgespräch eingeladen worden. Der (Personal-)Chef will sich jetzt ein genaues Bild von euch machen. Viel Zeit nimmt er sich dafür nicht. Euer Auftritt muss also sitzen.

Darum wird's gehen

Stellt euch darauf ein, dass ihr persönliche Fragen zu eurer Schullaufbahn, euren Interessen und eurer Allgemeinbildung beantworten müsst. Sicher ist, dass die Frage kommt, weshalb ihr eure Ausbildung ausgerechnet in diesem Betrieb absolvieren möchtet. Sagt dann bloß nicht so etwas wie: „Weil der Weg zur Arbeit dann nur fünf Minuten dauert“, sondern erläutert, weshalb ihr von dieser Ausbildungsstelle und eurem Berufswunsch überzeugt seid! Vorher solltet ihr euch deshalb genau über den Betrieb informieren. Vielleicht findet ihr umfassende Informationen im Internet. Ansonsten könnt ihr aber auch immer die Pressestelle – zumindest bei großen Unternehmen – bitten, euch etwas zuzuschicken. Wenn es sich um eine Bank oder andere öffentlich zugängliche Institution handelt, dann geht einfach mal vorbei. Damit seid ihr dann auch für eine Frage gewappnet wie „Was würden Sie denn für die Kunden in unserem Empfangssaal verändern?“. Außerdem ist es ratsam, vor dem Gespräch die eigene Bewerbung noch einmal genau durchzugehen. Die dient schließlich als Grundlage des Vorstellungsgesprächs.

Besser zu früh als zu spät

Die Anreise zum Gespräch müsst ihr ganz genau planen. Zuspätkommen wird beim Vorstellungsgespräch – auch wenn ihr nichts dafür könnt, dass ihr im Stau standet oder eine Straßenbahn ausgefallen ist – nicht toleriert. Seid lieber eine halbe Stunde zu früh da und vertretet euch noch ein bisschen die Füße; reingehen solltet ihr frühestens eine Viertelstunde vor dem Termin. Habt am besten auch eure Bewerbungsunterlagen und die Einladung zum Gespräch dabei. Wenn ihr hineingeht: Auch zum Pförtner und der Sekretärin sollte man freundlich sein. Nicht selten sind Sekretärinnen die wichtigsten Berater des Chefs. Und noch ein Tipp: Lasst das mit dem Rauchen unmittelbar vor dem Gespräch besser sein. Ein Nichtraucher-Chef wird es riechen und als Minuspunkt werten. Euer Handy ist inzwischen hoffentlich schon ausgeschaltet. Es gibt wenig Peinlicheres als ein Handy, das mitten im Gespräch piept oder brummt.

Die Begrüßung

Die Initiative zum begrüßenden Händedruck kommt stets vom „Ranghöheren“. Wenn der Chef euch also die Hand nicht gibt, dürft ihr ihm das auf keinen Fall aufdrängen.

Achtet darauf, dass ihr nicht zu fest zudrückt; euer Händedruck darf aber auch nicht zu „schlabberig" sein, denn das wird womöglich als ein Mangel an Selbstbewusstsein aufgefasst. Werden euch Zigaretten oder Alkohol angeboten: Ablehnen, das dürfte wohl ein Test sein!

Schick und schön

Was eure Kleidung angeht, so solltet ihr dezent und seriös wirken, also nicht in allzu knalligen Farben ankommen. Wohlfühlen ist wichtig, Schlabber-Jeans und Sneakers sind dennoch keine gute Wahl. Die Schuhe müssen sauber sein. Und, Mädels, euer Rock muss mindestens bis zum Knie gehen und die Bluse so weit geschlossen sein, dass es nicht viel zu sehen gibt. Make-up und Parfum bitte nur sparsam verwenden! Während des Gesprächs: Nicht mit krummem Buckel auf dem Stuhl herumrutschen und nicht Arme und Beine gleichzeitig verschränken – das wirkt verschlossen und abweisend.

Nervös?

Es ist normal, in einer Situation, von der viel abhängt, aufgeregt zu sein. Versucht aber trotzdem, ruhig zu bleiben. Wenn ihr nervös seid, könnt ihr das auch eingangs kurz und mit einem entwaffnenden Lächeln sagen. Das Vorstellungsgespräch ist in erster Linie dafür da zu prüfen, ob ihr zum Unternehmen passt. Da spielt Sympathie mit die größte Rolle. Deshalb: Seid freundlich, selbstbewusst, dabei aber nicht arrogant. Es geht nicht darum, in 15 Minuten schauspielerische Höchstleistungen zu vollbringen. Sondern darum, dass das Unternehmen einen möglichst positiven Eindruck von euch bekommt – und ihr von dem Unternehmen. Toi, toi, toi!

KURZ & KNAPP

Beim Vorstellungsgespräch gilt: 70 Prozent reden, 30 Prozent zuhören. Dabei immer in die Augen schauen! Mit Fragen wie diesen werdet ihr sehr wahrscheinlich konfrontiert werden:

- „Erzählen Sie doch bitte erst einmal etwas über sich."
- „Was wissen Sie über unser Unternehmen? Und warum wollen Sie die Ausbildung hier absolvieren?"

- „Was sind Ihre Stärken, was Ihre Schwächen? Welches waren Ihre Lieblingsfächer in der Schule?"
- „Wie verbringen Sie Ihre Freizeit?"
- „Haben Sie Fragen an uns?" Ihr solltet unbedingt ein paar Fragen parat haben, beispielsweise zum Ablauf der Ausbildung oder zu den Ansprüchen, die man an den Azubi stellt. Lasst euch in dem Gespräch auf keinen Fall dazu verleiten, euch über ein anderes Unternehmen, bei dem ihr schon einmal gearbeitet habt oder gar Azubi wart, zu beschweren, geschweige denn über den Chef zu lästern! Sehr persönliche Fragen wie die nach einem Kinderwunsch braucht ihr übrigens nicht wahrheitsgemäß zu beantworten.

Beim Verabschieden könnt ihr freundlich fragen, wann ihr mit einer Entscheidung rechnen könnt. Und: Seid charmant!

LINK

www.jova-nova.com (unzählige Tipps zu jedem Aspekt einer Bewerbung)

Tipp

Die Bundesagentur für Arbeit erstattet euch Bewerbungskosten mit etwa fünf Euro pro Bewerbung. Auch Fahrten zu Vorstellungsgesprächen werden übernommen. Voraussetzung: Ihr müsst bei der Agentur als „Bewerber um eine Ausbildungsstelle" registriert sein. Sobald ihr euch also auf die Suche nach einem Ausbildungsplatz begebt, solltet ihr euch auch bei der Bundesagentur für Arbeit als ausbildungssuchend melden. Dann könnt ihr auch gleich den Antrag auf Kostenerstattung stellen. Für Bewerbungen, die ihr vor Einreichen des Antrags abgeschickt habt, gibt es leider nichts rückwirkend.

Sarah Wiener

„ICH WEISS NICHT, WARUM DIE MICH DAMALS GENOMMEN HABEN“

INTERVIEW MIT SARAH WIENER

Die TV-Köchin Sarah Wiener ist ein Beispiel dafür, dass man auch ohne geraden Ausbildungsweg sehr erfolgreich werden kann. Mit 16 brach die Österreicherin die Schule ab und ging nach Berlin. Voller Temperament beschloss sie, einen Catering-Service zu gründen. Mit einer alten Gulaschkanone der DDR-Armee fuhr sie an Film- und Fernsehsets und verköstigte dort die Crew. Sie kochte später für Stars wie Maximilian Schell, Kate Moss und Bruce Springsteen. Inzwischen ist sie in TV-Sendungen zu erleben und betreibt drei Restaurants in Berlin. Eine Ausbildung zur Köchin hat sie nie gemacht, und ihr einziges Vorstellungsgespräch bezeichnet sie heute als „furchtbar peinlich“.

War es schon als Kind dein Traum, Köchin zu werden?
Nein. Ich wollte immer Gärtnerin oder Schauspielerin werden. Dass ich nun Köchin bin, war eher Zufall. Ich habe die Schule abgebrochen und als Küchenhilfe gearbeitet, eine Zeitlang auch im Restaurant meines Vaters. Irgendwie bin ich dann beim Kochen hängengeblieben.

Welche Erfahrungen in Sachen „Vorstellungsgespräch“ hast du?
Ich habe ein Einziges gehabt, und zwar, als ich Köchin in einer Werbeagentur werden wollte. Das war furchtbar peinlich: Ich dachte, ich müßte mich besonders schick machen. Also habe ich ganz hohe High Heels getragen und einen Minirock mit einem Tutu darunter. Mein Mantel war abgesetzt mit so einem lila Pelz-Ersatz. Ich sah also ganz heiß aus. Jedenfalls bin ich da reingegangen und hörte die Dame vom Empfang hinter mir zischen: „Suchen wir ein Model oder eine Köchin?“

Hat dich das verunsichert?
Irgendwie nicht. Ich war jung und sehr von mir überzeugt. Aber heute frage ich mich schon, weshalb die mich damals genommen haben.

Inzwischen hast du mehrere Restaurants. Nach welchen Kriterien stellst du Leute ein?
Vor allem danach, dass sie ins Team passen. Außerdem müssen sie natürlich kochen können und gute Geschmacksnerven haben. Das teste ich, indem ich ein einfaches Gericht kochen lasse, das jeder kennt. Gulasch oder Bratkartoffeln zum Beispiel.

Was rätst du jungen Leuten, die gerade bei den Eltern ausgezogen sind und erst anfangen zu kochen?
Auf keinen Fall mit Dosenessen und Fertigsuppen anfangen! Man sollte immer alles frisch kaufen. Erdbeerjoghurt ist viel leckerer, wenn man puren Joghurt nimmt und frische Erdbeeren reinschneidet. Am besten ist: Noch mal zur Oma oder Tante fahren und bei ein paar Gerichten gut zuschauen, um sich die Tricks abzugucken.

DIE AUSBILDUNG BEGINNEN

Ihr habt einen Ausbildungsplatz ergattert? Dann gehört ihr jetzt zur berufstätigen Bevölkerung – na ja, zum Glück noch nicht ganz. Denn während der Ausbildung hat man ja auch immer noch ein paar Stunden Unterricht und verliert so nicht gleich jeden Kontakt zu Gleichaltrigen.

In der Regel machen Unternehmen mit ihren neuen Auszubildenden am ersten Tag einen Rundgang durchs Haus, so dass man einen Überblick bekommt. Übrigens: Es kommt gar nicht gut an, gleich zu Beginn nach Urlaub zu fragen. Wenn eure Urlaubstage nicht ohnehin durch den Ablauf der Ausbildung oder vertraglich festgelegt sind, dann wartet lieber zwei Wochen, bis ihr das Thema ansprecht.

Die Abläufe im Betrieb werdet ihr sicher nicht alle auf Anhieb verstehen. Ihr solltet euch schnell angewöhnen, sofort um Hilfe zu bitten, wenn ihr sie braucht. Für bürokratische Fragen sind meist Sekretärinnen gute Ansprechpartnerinnen. Aber scheut euch auch nicht davor, eure neuen Kollegen zu fragen, wenn ihr vor einer scheinbar unlösbaren Aufgabe steht. Schließlich seid ihr zum Lernen da!

Ein paar Feinheiten gilt es im Umgang mit den Kollegen zu beachten: Bevor ihr euch den ersten Kaffee in der Büroküche einschenkt, fragt nach, ob es eine Kaffeekasse gibt. Kollegen, die ständig Kaffeepäckchen mitbringen und euch kostenlos mitversorgen, werden es euch irgendwann übelnehmen. Auch mit Geschirr sind viele Leute kleinlich. Passt also auf, dass ihr nicht gleich die Lieblingstasse des Chefs erwischt!

Früher oder später werdet ihr euch auch mal richtig ärgern: „Frau Schmidt hat mir gesagt, ich soll um 15 Uhr damit fertig sein. Und dann kommt sie um 14 Uhr rein und regt sich darüber auf, dass ich immer noch dran sitze. Die hat sie doch nicht alle!" Es ist verlockend, das gleich so oder ähnlich dem Erstbesten, der euch über den Weg läuft, auf die Nase zu binden. Aber gerade am Anfang werdet ihr noch nicht genau durchschauen, welcher Kollege, wie zu wem steht. Lasst euch also nicht dazu hinreißen, euch über irgendwen lauthals aufzuregen. Sich „auskotzen" – das solltet ihr sowieso immer „nach draußen" verlagern. Innerhalb eines Unternehmens kommt zu oft raus, was irgendwer über irgendjemanden gesagt hat. Und gerade, wenn man in der Hierarchie noch sehr weit unten steht, ist es besser, immer ein bisschen außen vor zu bleiben und zu allen ein loyales Verhältnis zu pflegen. Noch etwas: Wenn es Probleme in eurer Abteilung gibt, nicht gleich zum obersten Boss rennen! Versucht immer, zuerst mit der Person zu sprechen, die es betrifft. Oder sprecht mit eurem Ausbilder.

Eure Rechte

Welche Rechte ihr als Azubi habt? Ihr müsst definitiv nicht die Hemden des Chefs zur Reinigung bringen! Alles, was nichts mit eurer Ausbildung zu tun hat, ist verboten. Solltet ihr immer nur die Werkzeuge polieren müssen, statt das Reparieren von Autos zu lernen, dann muss sich das ändern. Kommt das Unternehmen der Aufgabe, euch auszubilden nicht zur Genüge nach, dann holt euch Unterstützung. Es gibt Ausbildungsberater bei den jeweiligen Kammern oder beim BIZ.

Einen ***Nebenjob*** dürft ihr annehmen, allerdings nur mit Erlaubnis eures Chefs. Wenn dieser eine Beeinträchtigung eurer Leistungsfähigkeit befürchtet – zum Beispiel, weil ihr nächtelang kellnern müsst –, kann er seine Einwilligung verweigern. Zum Thema ***Überstunden*** ist zu sagen: Gesetzlich seid ihr nicht verpflichtet, sie zu leisten. Allerdings solltet ihr euch nicht gleich beschweren, wenn ihr mal mehr arbeiten müsst. Schließlich wollt ihr ja als „gute Kraft" gelten. Wenn es aber an eure Grenzen geht, ihr euch ausgebeutet fühlt, dann: Stopp!

Auf der Azubi-Webseite des Deutschen Gewerkschaftsbunds findet ein reger Austausch unter Auszubildenden statt, und sämtliche Rechtsfragen werden von „Dr. Azubi" beantwortet. Unbedingt mal reinschauen!

LINK

www.dr-azubi.de (Webseite des Deutschen Gewerkschaftsbunds für Azubis, ein Forum bietet die Möglichkeit zum Austauschen und Fragenstellen)

Ausbildungsvertrag

Wie von jedem Vertrag gibt es von eurem Ausbildungsvertrag zwei Exemplare. Eines für euer Archiv, eines für euren Chef. Jedes Exemplar ist von beiden Vertragspartnern unterzeichnet worden. Den Vertrag werdet ihr spätestens zu Beginn eurer Ausbildung erhalten. In ihm sind Beginn und Dauer der Ausbildung festgehalten, der Beruf, den ihr erlernt, die Länge der Probezeit, eure Arbeitszeit, die Zahl eurer Urlaubstage, die Ausbildungsorte – und natürlich euer Bruttogehalt. „Brutto": Das ist die Summe eures Gehalts ohne den Abzug von Steuer und Sozialversicherung (Arbeitslosenversicherung, Pflege-, Kranken- und Rentenversicherung). Die Summe, die nach all diesen Abzügen übrig bleibt, ist euer Nettogehalt – und das bekommt ihr monatlich auf euer Konto (mehr zum Thema „Konto" ab Seite 153). Im Internet findet ihr verschiedene Brutto-Netto-Rechner; damit könnt ihr noch vorm ersten Gehalt herausfinden, wie viel Geld übrig bleibt. Wahrscheinlich ist euer Gehalt tariflich festgelegt. Ist es das nicht, dann muss es laut Berufsbildungsgesetz angemessen sein. „Angemessen" heißt in diesem Fall: mindestens 80 Prozent der ortsüblichen Vergütung für Azubis in eurem Beruf. Wenn ihr also nur die Hälfte von dem bekommt, was der andere Diamantschleifer in eurem Ort kriegt, dann solltet ihr euch an die Gewerkschaft wenden. Die Ausbildungsvergütung liegt je nach Beruf zwischen 250 und 1200 Euro. Die Unterschiede in den einzelnen Berufsgruppen sind also sehr groß.

Tipp

Egal, worum es sich handelt: Ein Gesetz schlägt immer den Vertrag. So lautet eine feste Regel. Stehen in eurem Vertrag weniger Urlaubstage, als euch gesetzlich zustehen, dann ist dieser Teil des Vertrags ungültig.

Vermögenswirksame Leistungen

Euer Arbeitgeber zahlt zusätzlich zu eurem Gehalt die so genannten Vermögenswirksamen Leistungen (VL). Wie das Geld angelegt werden soll, das entscheidet ihr selbst. Ausführliche Informationen dazu findet ihr ab Seite 203.

Lohnsteuerkarte und Steuererklärung

Zu Beginn der Ausbildung müsst ihr eure Lohnsteuerkarte bei der Buchhaltung eures Betriebs abgeben. Die Karte bekommt ihr von der Stadtverwaltung, spätestens ab dem zweiten Berufsjahr wird sie euch automatisch zugeschickt. Mehr zum Thema „Steuererklärung" findet ihr ab Seite 166. Für euch ist erst einmal nur wichtig: Ihr müsst euch in der

Regel nicht mit einer Steuererklärung herumquälen, wenn ihr nur euer Azubi-Gehalt habt. Erst wer mehr als etwa 7.500 Euro im Jahr verdient, muss Steuern zahlen. Habt ihr darüber hinaus Einkünfte („Taschengeld" von den Eltern zählt nicht), seid ihr verpflichtet, dem Finanzamt eine Steuererklärung abzugeben.

Unterhaltspflicht der Eltern

Eure Eltern sind verpflichtet, euch während der ersten Ausbildung finanziell zu unterstützen. Mehr zur „Unterhaltspflicht" steht auf Seite 130.

Kindergeld

Bis zu eurem 18. Lebensjahr flossen jeden Monat etwa 160 Euro vom Staat auf das Konto eurer Eltern. Auch danach erhalten sie es – auf Antrag bei der Familienkasse – bis maximal zu eurem 25. Lebensjahr weiter, wenn ihr nicht durch eure Ausbildung oder etwaige Nebenjobs mehr als 8.004 Euro im Jahr verdient. Zu diesem Einkommen zählt alles, was ihr verdient; also auch eventuelles Weihnachts- und Urlaubsgeld. Für Studenten mit Nebenjobs gilt es abzuwägen, ob das Kindergeld nicht unter Umständen mehr bringt als ein paar Stunden mehr jobben. Denn sobald dieser so genannte Grundbedarf von 8.004 Euro auch nur um einen Euro überschritten wird, müssen eure Eltern das Kindergeld zurückzahlen!

Tipp **Der Grundbedarf kann sich von Jahr zu Jahr ändern. Ob er noch bei 8.004 Euro liegt, solltet ihr also vorsichtshalber noch einmal in Erfahrung bringen.**

LINKS

http://www.gesetze-im-internet.de/bundesrecht/bkgg_1996/gesamt.pdf
(das gesamte Bundeskindergeldgesetz)

www.dz-portal.de (Seite des Bundesamts für zentrale Dienste und offene Vermögensfragen, Stichwort „Kindergeld")

Berufsausbildungsbeihilfe

Wenn eure Lehrlingsvergütung nicht für den Lebensunterhalt ausreicht, könnt ihr unter bestimmten Umständen zusätzlich die so genannte Berufsausbildungsbeihilfe (kurz: BAB) bekommen. Hat man schon mal einen Ausbildungsplatz ergattert, soll es am niedrigen Gehalt schließlich nicht scheitern. Und noch eine gute Nachricht: Die BAB wird als Zuschuss gezahlt und muss deshalb später – anders als das BAföG der Studenten – nicht zurückgezahlt werden.

Der Antrag ist bei der örtlichen Zweigstelle der Bundesagentur für Arbeit zu stellen. Bis zu etwa 500 Euro könnt ihr bekommen. Voraussetzungen für den Zuschuss: Ihr müsst in einer Ausbildung zu einem staatlich anerkannten Ausbildungsberuf stehen. Außerdem dürft ihr nicht mehr bei euren Eltern wohnen, und die tägliche Heimfahrt darf nicht möglich sein. Habt ihr also eine Stelle im Wohnort eurer Eltern und trotzdem eine eigene Bude, gibt's leider keine BAB.

Den Zuschuss erhalten zudem Auszubildende, die bereits 18 Jahre alt und verheiratet sind oder mit mindestens einem Kind zusammenleben. Auch wer an berufsvorbereitenden Maßnahmen der Agentur für Arbeit teilnimmt, erhält BAB; in diesem Fall sogar völlig unabhängig von der Art der Unterbringung, weil man ja kein Azubi-Gehalt bezieht.

Die Berufsausbildungsbeihilfe wird folgendermaßen berechnet: Je nach Art der Unterbringung wird der Bedarf für euren Lebensunterhalt ermittelt. Hinzu kommen gegebenenfalls ein Zusatzbedarf für Arbeitskleidung, Lernmittel, Kinderbetreuungskosten und Fahrtkosten. Der Gesamtbedarf wird dann eurem Einkommen und dem eurer Eltern gegenübergestellt. Aus der Differenz ergibt sich dann, wieviel BAB ihr bekommt.

Das Antragsformular gibt es bei der Bundesagentur für Arbeit. Das müsst ihr ausfüllen und die geforderten Bescheinigungen einreichen. Jede Menge Papierkram wartet also auf euch. Bei Unklarheiten helfen die Mitarbeiter der Arbeitsagentur.

LINKS

www.arbeitsagentur.de (offizielle Webseite der Bundesagentur für Arbeit)

www.bab-rechner.arbeitsagentur.de (zum Testen, ob ihr BAB-berechtigt seid)

KURZ & KNAPP

Die Beihilfe ist ein Zuschuss zu eurem Ausbildungsgehalt. Die Zahlung ist an folgende Bedingungen geknüpft:

- Ihr absolviert die erste Ausbildung; eine weitere wird in der Regel nicht unterstützt.
- Die Ausbildung muss staatlich anerkannt sein. Privates Anlernen zählt also nicht.
- Euer Gehalt liegt unter etwa 500 Euro.
- Das Einkommen eurer Eltern darf einen bestimmten Betrag nicht überschreiten. Wenn sie „zuviel" verdienen, bekommt ihr den Zuschuss nicht. Auch die Zahl eurer Geschwister und die Frage, ob sie noch bei euren Eltern wohnen, spielen eine Rolle. Das Jahreseinkommen der Eltern muss angegeben und durch Kopien der Gehaltsbescheinigung und / oder Steuererklärung belegt werden.
- Ihr müsst sämtliche Kosten (Fahrtkosten etc.), die ihr auf dem Antragsformular geltend macht, nachweisen, die Fahrtkosten also beispielsweise mit einer Kopie eurer Monatskarte belegen.
- Habt keine Hemmungen, bei der Bundesagentur für Arbeit vorbeizugehen oder mal eben anzurufen, um sicherzugehen, dass ihr auch alle nötigen Unterlagen eingereicht habt.

Tipp

Der Antrag auf Berufsausbildungsbeihilfe muss frühzeitig gestellt werden, denn der Zuschuss wird nicht rückwirkend gezahlt.

Gekündigt?

Eure Probezeit dauert vom ersten Ausbildungstag an maximal vier Monate. In dieser Zeit kann euch ohne Angabe von Gründen gekündigt werden. Nach der Probezeit geht das nur in gesetzlich genau festgelegten Fällen – etwa, wenn ihr Geld aus der Kasse geklaut habt. Im Falle einer Kündigung solltet ihr euch an die Jugend- und Auszubildendenvertretung (JAV) wenden. Das ist die Interessenvertretung aller Angestellten unter 18 sowie von Auszubildenden bis zu 25 Jahren. Die JAV gibt es – wenn es sie gibt – nur in Betrieben mit mindestens fünf Mitarbeitern unter 25. Andernfalls ist der Betriebs- bzw. Personalrat und gegebenenfalls die Gewerkschaft euer Ansprechpartner. Bei unberechtigter oder unzulässiger Kündigung wird man euch dort helfen. Die Gewerkschaft würde auch eventuelle Anwaltskosten erstatten. Dafür müsst ihr aber Mitglied sein, was euch monatlich etwa ein Prozent des Gehalts kostet.

Gewerkschaften sind prinzipiell dafür da, die Interessen von Angestellten und Azubis zu vertreten. Ob eine Mitgliedschaft für euch vorteilhaft ist, müsst ihr selbst entscheiden; der kostenlose Rechtsschutz ist jedenfalls ein Vorteil.

LINKS

www.dgb.de (Seite des Deutschen Gewerkschaftsbunds)

www.verdi.de (Seite der Dienstleistungsgewerkschaft Verdi)

KURZ & KNAPP

Wenn ihr tatsächlich rausgeflogen seid oder nach langem Suchen noch immer keine Ausbildungsstelle gefunden habt, dann: Schnell ins BIZ! Vielleicht findet der Berufsberater noch einen anderen Betrieb, der euch aufnehmen kann. Wenn nicht, bleiben folgende Möglichkeiten:

- Ihr bekommt eine staatlich finanzierte Ausbildungsstelle, die an keinen Betrieb gebunden ist. Das nennt sich dann in schönstem Amtsdeutsch „Berufsausbildung in einer außerbetrieblichen Einrichtung" (BaE).
- Ihr macht ein Berufsvorbereitungsjahr, also eine einjährige Schulausbildung, die meist an Berufsschulen stattfindet.

- Ihr nehmt an einem Berufsgrundbildungsjahr (BGJ) teil. Das ist eine schulische Form der Berufsausbildung. Wenn ihr nach diesem Jahr eine Ausbildungsstelle bekommt, wird euch das BGJ sogar angerechnet, was eure Ausbildungszeit verkürzt. Die Berufsfelder, die angeboten werden: Wirtschaft und Verwaltung, Elektrotechnik, Ernährung und Hauswirtschaft.
- Ihr entscheidet euch dafür, am Förderprogramm „Einstiegsqualifizierung für Jugendliche" (EQJ) teilzunehmen. Ihr arbeitet dabei sechs bis zwölf Monate auf Praktikumsbasis in einem Betrieb. Dafür gibt's etwas Taschengeld und Zertifikate, die eure Chancen für die Zukunft verbessern:
  www.dihk.de/pakt/eqs/index.html
- Ihr ladet euch mal folgende Broschüre runter und lest alle Hinweise sorgfältig durch:
  www.bmbf.de/pub/schule_und_dann.pdf
- Ihr macht erstmal Pause, sucht euch ein interessantes Projekt und geht ins Ausland. Infos dazu findet ihr ab Seite 54.

STUDIUM

Ihr wollt euch auf das viel gerühmte Studentenleben einlassen? Den spannungsvollen Wechsel von Party- und Bibliotheksbesuchen genießen? Ihr solltet euch vorher genau überlegen, was für ein Typ ihr seid. Schafft ihr es, euch selbst zu motivieren, euch daheim hinzusetzen und irgendwelche Theorien auszuarbeiten, ohne dass das Wissen in Form einer Leistungskontrolle regelmäßig abgefragt wird? Kommt ihr damit klar, keinen direkten Beruf erlernt, sondern lediglich Fachwissen auf einem Gebiet zu haben, das man dann an verschiedenen Stellen anbieten muss, um einen Job zu kriegen? Wer mit solchen Unsicherheiten kein Problem hat, sie vielleicht sogar als bereichernde Freiheit betrachtet, der soll studieren. Unbedingt!

Ein akademisches Jahr untergliedert sich in Semester. Das Sommersemester dauert von April bis Ende September, das Wintersemester von Oktober bis Ende März. Ein Drittel des jeweiligen Semesters sind die Semesterferien, die zwar „Ferien" heißen, eigentlich aber für Hausarbeiten oder Praktika genutzt werden sollen. Offiziell werden sie deshalb als „vorlesungsfreie Zeit" bezeichnet.

Wer als Uni-Frischling orientierungslos auf dem Campus umherirrt, findet Hilfe bei den Fachschaftsräten der verschiedenen Fakultäten; sie bestehen aus Studenten, die wissen, was es an welchem Institut zu beachten gilt und welche Vorlesung sich lohnt. Neben den Uni-Webseiten kann außerdem das Studentenwerk ein Ratgeber bei sämtlichen Anliegen sein. So ist es beispielsweise zuständig für die Vermittlung von (preiswerten) Wohnheimplätzen.

LINK

www.studentenwerk.de (Webseiten des Deutschen Studentenwerks mit Infos zum Wohnen, Studienfinanzierung etc.)

STUDIENWAHL

Oh je – jetzt gilt es, sich im Dickicht von 9000 verschiedenen Studienfächern zurechtzufinden. Um herauszufinden, wofür ihr eigentlich geeignet seid, lest mal nach, was unter „Berufswahl" (Seite 90) steht. Es gibt dort ein paar Fragen, mit denen ihr besser herausfinden könnt, welche Art von Beruf für euch richtig ist. Und wenn ihr wisst, was ihr werden wollt, dann müsst ihr „nur" noch überlegen, wie.

Heißt euer Wunsch „Arzt", dann gibt's nicht mehr viel hin und her zu überlegen; dann müsst ihr Medizin studieren. Ebenso beim Traumjob „Lehrer", wo man die gewünschten Unterrichtsfächer „auf Lehramt" studiert. Es gibt aber auch viele Bereiche, die kein eindeutiges Berufsbild beherbergen: Nach einem Jura-Studium kann man Anwalt, Notar, Richter werden oder auch Politiker beraten bzw. selbst einer sein. Noch offener ist die Zukunft eines studierten Germanisten oder Politikwissenschaftlers. Da kursiert auch gern das Klischee des vergeistigten Einzelgängers, der nach dem Studium als armer, müder Taxifahrer endet. Doch mal abgesehen davon, dass auch Taxifahrer schon Minister geworden sind, wird euch das kaum passieren, wenn ihr eure Semesterferien für Praktika nutzt. Praxis-Erfahrung parallel zum Studium ist unabdingbar, sonst habt ihr nachher Top-Noten, aber noch nie etwas anderes als eine Bibliothek von innen gesehen. Gerade wenn ihr wisst, dass ihr keine wissenschaftliche Laufbahn einschlagen möchtet, ist es wichtig, sich um Praxisluft zu bemühen.

Wie aber findet man heraus, wie man werden kann, was man werden will? Vielleicht versteht ihr euch mit einem eurer Lehrer oder Tutoren besonders gut und legt viel Wert auf dessen Meinung. Dann kann das ein guter Ansprechpartner sein. Außerdem: Wenn ihr, in der Schule oder anderswo, Aushänge zu Berufsinformationsveranstaltungen seht, geht hin! Auch könnt ihr ein persönliches Gespräch mit einem Berufsberater des Berufsinformationszentrums (BIZ) vereinbaren. Ferner finden regelmäßig Hochschulinformationstage statt, sozusagen „Tage der offenen Tür" an den Hochschulen. Die Termine werden meist gut sichtbar auf der Webseite der jeweiligen Uni platziert. Dozenten stellen an so einem Tag ihre Institute vor, Studenten erklären euch, wie sie die ganze Sache sehen, und wahrscheinlich finden auch Vorlesungen statt, so dass ihr mal reinschnuppern könnt. Viele gehen nämlich mit völlig falschen Vorstellungen an ein Studienfach heran und sind dann schnell enttäuscht. Also vor der Einschreibung schauen, was die beliebte „Germanistik" eigentlich ist. Wer sich nämlich einfach sagt: „Ich hab schon immer gern gelesen und war gut im Deutsch-Leistungskurs", der wird sich ganz schön umgucken, wenn er auf einmal Mittelhochdeutsch lernen soll.

Auch wenn ihr noch nicht an einer Uni eingeschrieben seid – was hindert euch denn daran, einmal eine Vorlesung zu besuchen? Vorlesungsverzeichnisse stehen auf den Seiten der jeweiligen Universität im Internet – mit allen Angaben zu Thema, Ort und Uhrzeit. Steht hinter der Uhrzeit ein c.t. („cum tempore"), dann heißt das, die Veranstaltung beginnt 15 Minuten später als angegeben. Das ist das berühmte „akademische Viertel". Geht die Veranstaltung tatsächlich zur angegebenen Zeit los – was selten ist –, dann steht dahinter s.t., was für „sine tempore" steht. Es wird garantiert keinem auffallen, wenn ihr euch mal mit in den Hörsaal setzt.

Das Internet kann euch auch sonst bei der Uni-Suche helfen. Der „Hochschulkompass" (www.hochschulkompass.de) hat eine ausgefeilte Suchfunktion. Ihr könnt nach verschiedenen Hochschultypen suchen, einfach nach Städten oder nur nach bestimmten Fächern. Die Seite ist gut verlinkt mit den Webseiten der Hochschulen. Eine weitere Quelle ist das Hochschulranking vom Centrum für Hochschulentwicklung (CHE) und der Wochenzeitung „Die Zeit". Dort sind die einzelnen Fachbereiche mehrerer Unis bewertet, und zwar sowohl von Dozenten als auch von Studenten. Weiterführende Infos wie die Kosten des Semesterbeitrags, Öffnungszeiten, Sportangebote sind ebenfalls aufgelistet. So seht ihr schnell, wie gut der Ruf der Fakultät für Betriebswirtschaftslehre an der ins Auge gefassten Uni ist.

Tipp

Manchmal ist es klug, vor dem Studium eine damit verwandte Ausbildung zu absolvieren. So kennt man sowohl die Theorie als auch das praktische Berufsleben. Ohnehin hat man vielleicht nach der Schule nicht gleich Lust auf das Büffeln an der Uni, sondern eher auf eine Ausbildung. Danach weiß man ein Studium auch viel mehr zu schätzen. Beispiele: Ausbildung zum Bankkaufmann, Studium der Betriebswirtschaftslehre. Oder Ausbildung zur Buchhändlerin, Studium der Buchwissenschaften, Literatur oder Germanistik. In eng beieinander liegenden Fächern kann das eure Karrierechancen wirklich steigern!

LINKS

www.studienwahl.de (Studienwahlseite der Bundesagentur für Arbeit, langes Herumklicken lohnt sich, weil viele Einzelthemen aufgegriffen werden, Hochschulrankings und Infotage beispielsweise)
www.hochschulkompass.de (nach Fächern, Hochschulart oder Bundesland sortiert, findet ihr unter „Hochschule suchen" jede Hochschule)
http://ranking.zeit.de (Ergebnis des renommierten Hochschulrankings des Centrums für Hochschulentwicklung und der „Zeit")
www.meinprof.de (Auf dieser Webseite bewerten Studenten ihre Dozenten – kann hilfreich sein, um die Qualität von Lehrveranstaltungen zu beurteilen)
www.arbeitsagentur.de/nn_295156/Navigation/zentral/Servicebereich/Veranstaltungen-Nav.html (Veranstaltungsdatenbank der Bundesagentur für Arbeit, in der man gezielt nach Angeboten in der Nähe suchen kann)

DIE HOCHSCHULARTEN

Die endgültige Entscheidung, wo ihr ein Studium absolviert, kann euch dieses Buch leider nicht abnehmen. Allerdings sollen euch an dieser Stelle die verschiedenen Hochschularten mit ihren Vorzügen und Nachteilen dargelegt werden.

Wenn ihr wisst, zu welchem „Hochschul-Typ" ihr gehört – ob ihr beispielsweise stark interessiert seid an theoretischem Wissen oder ob euch das Sammeln von Berufserfahrung wichtiger ist –, dann können euch die folgenden Informationen viel Arbeit abnehmen. Dann nämlich könnt ihr eure Suche gezielt auf eine bestimmte Hochschulform beschränken.

Universität

Etwa 115 Unis gibt es über ganz Deutschland verteilt. Die Auswahl an Fächern ist groß, und sie reicht von technischen, naturwissenschaftlichen Ausrichtungen bis hin zu sozial- und geisteswissenschaftlichen Gebieten. Fächer wie Medizin, Mathe, Informatik, BWL oder Jura haben die meisten Unis in ihrem Kanon. Ausgefalleneres wie beispielsweise Friedens- und Konfliktforschung, Journalistik oder Wirtschaftssinologie (also Wirtschaftschinesisch) wird nur an wenigen Unis angeboten, deren Besonderheit eine solche Richtung dann ausmacht.

Universitäten sind stärker als andere Hochschulen durch Forschung geprägt. Sie bemühen sich aber, zunehmend praktischer zu werden. So ist beispielsweise mit dem Bachelor schon ein erster Abschluss nach etwa sechs Semestern möglich. Früher hatte man von rund fünf Jahren ausgehen müssen, ehe man eine Endnote sah. Ergänzt man seinen Bachelor um einen Master-Abschluss, so ist man aber trotzdem schnell bei einer Studiendauer von sechs Jahren. Ein flotter Ausbildungsweg ist die Uni also meist nicht. Seit der umfassenden Einführung von Bachelor- und Master-Abschlüssen im Jahr 2003 (frühere Abschlüsse wie der Magister wurden damals abgeschafft) ist die Struktur dieser Ausbildung zwar ein wenig „verschulter" als davor. Dennoch bleibt es aber das Prinzip der Unis, Studenten möglichst viel Freiheit zu lassen, etwa bei der Auswahl ihrer Seminare und Schwerpunkte.

Zu dieser Freiheit gehört auch die Fähigkeit, sich durch in Beamtendeutsch verfasste Prüfungsordnungen zu quälen und lange Schlangen vorm Studentensekretariat zu ertragen. Und: Entweder eine halbe Stunde vor der Vorlesung im Hörsaal zu sein – oder einen Stehplatz in Kauf zu nehmen.

Gerade an Großstadt-Unis ist das so. Wer „Massenfächer“ wie Germanistik oder Sozialpädagogik in Hamburg oder Köln studiert, muss einfach wissen, worauf er sich einlässt. Hinweise zu den Zulassungsverfahren der Universitäten bekommt ihr unter der Überschrift „Bewerbung um einen Studienplatz“ (ab Seite 127).

Bei eurer Studienplanung solltet ihr berücksichtigen: An vielen Universitäten muss man inzwischen Hochschulgebühren zahlen. Die Gebühren-Regelungen variieren aber von Bundesland zu Bundesland sehr stark. So bleibt ein Erststudium in Mecklenburg-Vorpommern beispielsweise kostenlos, während man in Baden-Württemberg 500 Euro pro Semester zahlt.

LINK

www.hochschulkompass.de (Seite der Hochschulrektorenkonferenz mit Hochschulsuche)

Fachhochschule

Hier steht die Lehre im Mittelpunkt. Für den Besuch einer Fachhochschule ist zum einen die allgemeine Hochschulreife, also das Abi, Voraussetzung, zum anderen meist ein fachbezogenes Vorpraktikum, nicht selten von der Dauer eines Jahres.

Fachhochschulen bieten sehr anwendungsorientierte Studiengänge an, weshalb sie oft den Beititel „University of Applied Sciences“ (Universität für Angewandte Wissenschaften) tragen. In der Regel dauert das Studium etwa vier Jahre und beinhaltet ein bis zwei Praxissemester, die man irgendwo draußen in der rauen Arbeitswelt verbringt. Der Kanon reicht von den Sozialwissenschaften, wie beispielsweise der Sozialpädagogik, über wirtschaftswissenschaftliche bis hin zu naturwissenschaftlichen und technischen Fächern. Der Abschluss war früher meist das Fachhochschul-Diplom, heute steht auf der Urkunde meistens Bachelor oder Master. Ein Fachhochschul-Abschluss ist universitären Abschlüssen nicht hundertprozentig gleichgestellt. Das heißt: Wenn man später an eine Uni wechseln will, kann es passieren, dass man noch ein paar Zusatzleistungen erbringen muss.

Eine besondere Form der Fachhochschule ist die „Fachhochschule für öffentliche Verwaltung“ (FHöV). Wird man dort zugelassen, erhält man Zugang zu einer Beamtenlaufbahn und kann später etwa bei der Polizei oder anderen Behörden angestellt sein. Seine Praxissemester verbringt man beispielsweise beim Gericht.

LINKS

http://studieren.de/fachhochschulen.0.html (Übersicht über alle Fachhochschulen)

www.fh-bund.de (offizielle Seite der Fachhochschule des Bundes für öffentliche Verwaltung)

http://www.studis-online.de/StudInfo/hochschule.php?type=55 (Übersicht über alle Hochschulen für öffentliche Verwaltung)

Berufsakademie

Hier steht die Praxis im Mittelpunkt. Die Berufsakademie (BA) ist ähnlich wie eine Ausbildung eine Mischung aus Lehre und Studium und deshalb eine beliebte Alternative zur „normalen“ Universität. BAs bieten meist betriebswirtschaftliche oder technische Fächer an. Man ist bei einer Firma angestellt, erhält von ihr meist auch ein Gehalt und ist abwechselnd beim Unterricht und im Betrieb. Das Studium dauert in der Regel drei Jahre. Eine Abschlussarbeit wird in Absprache mit dem Unternehmen verfasst. Danach besitzt man in seinem Fach meist den Titel „Diplom-BA“ oder „Bachelor“. Dabei handelt es sich um keinen akademischen Grad wie etwa an der Uni, sondern um eine staatliche Abschlussbezeichnung. Eine wissenschaftliche Laufbahn kann man danach also nicht einschlagen. Aber wer sich auf dieses praxisorientierte Studium einlässt, hat das in der Regel auch nicht vor. Die Abschlüsse, die man erlangen kann, variieren je nach Bundesland und BA. Die Ausbildung an einer Berufsakademie ist wesentlich verschulter als an einer Uni.

Weshalb die Plätze an Berufsakademien so begehrt sind? Man hat gute Chancen, danach quasi fließend in den Beruf überzugehen. Häufig übernimmt die Firma die Studenten nämlich nach ihrem Studium. Dafür sind im Vorfeld die Auswahlkriterien aber auch härter. Abitur ist Voraussetzung, oft kommen noch Eignungstests und Bewerbungsgespräche hinzu.

Listen der BA-Ausbildungsfirmen finden sich auf den Seiten der verschiedenen Berufsakademien. Auch mittels Stellenausschreibung könnt ihr auf eine Firma aufmerksam werden. Und manche von euch schaffen es eventuell sogar, durch persönliche Kontaktaufnahme ein Unternehmen dafür zu gewinnen, euch als BA-Studenten einzustellen.

LINKS

http://www.studis-online.de/StudInfo/hochschule.php?type=4 (Linkliste zu den Webseiten deutscher Berufsakademien)

http://studieren.de/berufsakademien.0.html (weitere Liste der Berufsakademien)

Kunsthochschule

Viele träumen davon, an einer Musik-, Kunst- oder Filmhochschule zu studieren. Doch die Auswahlverfahren sind hart. Abitur ist die Grundvoraussetzung – nur ganz besonders Begabte werden auch schon mal ohne genommen. Außer dem Abiturzeugnis müssen die Bewerber – je nach Art der Kunst – Arbeitsmappen mit eigenen Werken oder selbstgedrehte Filme vorlegen. Ein regelrechtes Casting erwartet angehende Musikstudenten und Schauspieler. Und schließlich entscheiden fast immer Theorie-Tests und Eignungsgespräche vor einer Jury über Aufnahme oder Ablehnung.

Die wenigen Studienplätze an Kunsthochschulen sind sehr begehrt und nur großen Talenten vorbehalten. Hier bei einer Bewerbung zu scheitern, ist also alles andere als eine Schande. Seht es einfach als Trainingseinheit und bewerbt euch weiter an verschiedenen Instituten, wenn euer Drang zur Kunst anhält. Je mehr Erfahrung ihr mit solchen Prüfungen habt, desto gelassener werdet ihr sie angehen – und desto mehr Leute werdet ihr wiedertreffen, die wie ihr schon anderswo keinen Platz ergattern konnten.

Wenn ihr im Hochschulkompass „Kunst- und Musikhochschulen" eingebt, bekommt ihr die Liste aller staatlich anerkannten Einrichtungen in Deutschland. Auf den einzelnen Webseiten müsst ihr euch dann noch über die Aufnahmekriterien und Fristen informieren; die sind wirklich überall anders.

Private (Fach-)Hochschule

In Deutschland gibt es etwa 70 private Hochschulen. Die Zahl schwankt, weil Neugründungen momentan keine Seltenheit sind. Und nicht alle tragen das Siegel „staatlich anerkannt". Besonders bekannte Institute sind die „Bucerius Law School" in Hamburg oder die „Hertie School of Governance" in Berlin. Größtenteils wirtschaftlich oder juristisch ausgerichtet, sind diese Hochschulen gewöhnlich international mit Englisch als Unterrichtssprache. Die privaten Hochschulen genießen hohe Anerkennung – nicht nur wegen der gutbezahlten Jobs, die viele Absolventen schon während des Studiums angeboten bekommen.

Privat-Unis sind – da nicht staatlich finanziert – konzipiert wie Unternehmen. Die Studenten sind „Kunden", die sich bestimmte Leistungen „kaufen". Deshalb kann so ein Studium bis zu 30.000 Euro jährlich kosten. Im Gegenzug können die Unis dann aber auch hochqualifizierte Dozenten, beste Ausstattung und kleine Arbeitsgruppen bieten. Ein deutlicher Unterschied zu den staatlichen Hochschulen, an denen die Studiengebühren weit niedriger liegen, sind auch die harten Zulassungstests. Um ein hohes Lernniveau zu garantieren, soll der Zugang nur den Besten möglich sein. Wer sich für überaus leistungsstark hält, sollte es trotzdem versuchen. Reiche Eltern müssen nicht unbedingt sein – die Hochschulen bieten auch die Möglichkeit, das Studium mit Hilfe von Darlehen oder Stipendien zu finanzieren. Wer wirklich „Spitze" ist, wird also einen Weg finden. Doch aufgepasst: Schon für eine Bewerbung verlangen manche Privat-Unis eine saftige Bearbeitungsgebühr. Ab Seite 129 bekommt ihr weitere Informationen zur Finanzierung eures Studiums.

Übrigens: Private Hochschulen können pleite gehen. Wählt also im Fall des Falles eine der namhaften, die schon einige Jahre existiert und Auskunft darüber geben kann, wo ihre Absolventen gelandet sind.

LINKS

www.studentenpilot.de/studium/ hochschulen/privatehochschulen.htm
(Übersicht über alle privaten Hoschulen in Deutschland)

www.hochschulkompass.de (Sucht nach „privat, staatlich anerkannt"!)

Bundeswehr-Universität

Stillgestanden! Auch die Bundeswehr bietet die Möglichkeit zu studieren. Sie unterhält zwei Hochschulen: die „Helmut-Schmidt-Universität“ in Hamburg und die „Universität der Bundeswehr“ in München.

Voraussetzung für ein solches Studium ist das Abitur. Außerdem muss man eine Offiziersprüfung bestehen, die sich, aus Sport-, Wissens- und Psycho-Test bestehend, nicht mal eben nebenbei meistern lässt. Der wichtigste Fakt aber: Ihr müsst euch auf ***mindestens zwölf Jahre Wehrdienst*** verpflichten lassen und Soldat werden wollen. Habt ihr euch dazu entschlossen, so bietet die Bundeswehr ein solides, kompaktes Studium. Die Vorlesungszeit ist in Trimester unterteilt. Ferien gibt es nur einmal pro Jahr, so dass mit einer vergleichsweise kurzen Regelstudienzeit von etwas mehr als drei Jahren gerechnet wird. Zudem erhält man sogar schon ein Gehalt, mit dem sich gut „überleben“ lässt. Das Fächerspektrum der beiden Bundeswehr-Unis ist natürlich nicht so breit wie das „richtiger“ Universitäten. Und doch werden viele Fächer angeboten: Medizin, Luft- und Raumfahrttechnik, Staats- und Sozialwissenschaften, Pädagogik und Betriebswirtschaftslehre beispielsweise. Die Dozenten übrigens haben nicht zwangsweise einen militärischen Dienstgrad; sie sind Wissenschaftler, die auch an anderen Universitäten tätig sein könnten. Und: Längst dürfen auch Mädchen zur Bundeswehr – und zur BW-Uni!

LINKS

www.bundeswehr-karriere.de (Ausbildungsmöglichkeiten der Bundeswehr)

www.hsu-hh.de/hsu/index.php (Seite der „Helmut-Schmidt-Universität“ in Hamburg)

www.unibw.de (Seite der „Bundeswehr-Universität München“)

Tipp

Jährlich bringt die Wochenzeitung „Die Zeit“ einen „Studienführer“ heraus (gibt's am Kiosk und online unter http://www.zeitabo.de/magazin-angebote/zeit-studienfuehrer.html). Darin werden die beliebtesten Studiengänge der einzelnen Unis bewertet. Außerdem werden Studium, Lehre, Ausstattung und Forschung von zahlreichen Hochschulen in Deutschland beschrieben. Infos zum Thema „Auslandsstudium“ und „Studienfinanzierung“ gibt's auch.

DIE ABSCHLÜSSE

Die Wahl des Studienabschlusses hat sich in den vergangenen Jahren stark vereinfacht. Seit 2010 dürfen die Universitäten in der Europäischen Union im Wesentlichen nur noch zwei akademische Abschlüsse vergeben: den Bachelor und den Master. Diese Vereinheitlichung des Hochschulsystems – auch als „Bologna-Prozess“ bekannt, weil die Eckpunkte dieser Reform 1999 in Bologna erarbeitet wurden – soll es möglich machen, ohne Probleme und unter gleichen Bedingungen in ganz Europa zu studieren und zu arbeiten. Die Abschlüsse besitzen überall dieselbe Wertigkeit.

Bachelor

Es gibt den ***Bachelor of Arts*** und den ***Bachelor of Science***. Das Studium, das dem Erhalt des Bachelors vorangeht, dauert etwa sechs bis acht Semester. Es soll das wissenschaftliche Basiswissen vermitteln und endet in einer Bachelor-Arbeit. Wer will, kann dann ins Berufsleben wechseln – oder weiter studieren.

Master

Im Master-Studium findet dann eine Vertiefung des Wissens statt, das man zuvor erworben hat, und man spezialisiert sich auf ein Gebiet. Dieses „Aufbau-Studium“ dauert zwei bis drei Jahre.

Staatsexamen

Juristen, Mediziner und Lehrer beenden ihr Studium mit einem Staatsexamen. Das heißt, die Prüfungsinhalte werden von Behörden festgelegt.

Promotion und Habilitation

Wer nach dem Master eine Doktorarbeit schreibt und die zugehörige Prüfung besteht, hat mit Erfolg promoviert und kann sein Klingelschild mit einem netten „Dr.“ schmücken. Die Habilitation ist dann die nächste Sprosse auf der akademischen Karriereleiter. Der Professorentitel berechtigt den Absolventen zu Lehre und Forschung an einer Uni. „Prof.

Soundso" steht dann im Briefkopf. Das ist gut bei Rechtsstreits oder wenn man schnell einen Arzttermin braucht.

KURZ & KNAPP

Die deutschen Abschlüsse bis 2010:

- Diplom: Früher schlossen Studien in den meisten mathematisch-naturwissenschaftlichen Fächern mit der Diplomarbeit ab. Die Absolventen waren dann Diplom-Ingenieure, Diplom-Biologen etc.
- Magister: Erfolgreiche geistes- und sozialwissenschaftliche Studien wurden mit dem Titel „Magister" (M.A.) belohnt. Wer ein Fach „auf Magister" studierte, hatte die Wahl: entweder studierte er zwei Hauptfächer, wie Politikwissenschaften und Geschichte, oder ein Hauptfach, kombiniert mit zwei Nebenfächern. Germanistik als Hauptfach, Kunstgeschichte und Kulturwissen schaften als Nebenfächer wäre eine der zahlreichen Möglichkeiten.

BEWERBUNG UM EINEN STUDIENPLATZ

Wie ihr an einen Studienplatz an einer Universität kommt, hängt ganz von der Uni und dem Fach ab, das ihr studieren wollt. In einigen Fällen müsst ihr einen Eignungstest absolvieren. So will die jeweilige Fakultät testen, ob ihr die Voraussetzungen für das gewünschte Fach erfüllt. Am häufigsten kommen aber folgende drei Bewerbungsmöglichkeiten in Frage:

Keine Zulassungsbeschränkung

Euer Wunschfach ist frei zugänglich. Sofern die Universität, an der ihr studieren möchtet, über genügend Plätze verfügt, könnt ihr einfach mit eurem Abizeugnis hingehen und euch einschreiben. Erkundigt euch aber vorher, wann die Einschreibetermine sind und welche Unterlagen ihr zur ***Einschreibung*** mitbringen müsst. Wahrscheinlich ist es auch notwendig, Anmeldeformulare anzufordern und eine bestimmte Voranmeldefrist einzuhalten. Die liegt in der Regel einige Monate vor Semesterbeginn. Also frühzeitig informieren! Wenn der Termin ist, dann geht ihr einfach an den Ort, an dem die Einschreibung stattfindet. Meistens ist es das Studentensekretariat. Mit Sicherheit hat sich dort schon eine riesige Schlange wartender Menschen aufgereiht. Ihr könnt dann stöhnen und meckern – und vielleicht schon erste Kommilitonen kennenlernen. Ohnehin ist diese Warteschlange nur ein Vorgeschmack auf all die anderen, die ihr während eures Studiums überstehen müsst. Zumindest an den Großstadt-Unis ist stundenlanges Anstehen vorm Studentensekretariat oder dem Prüfungsamt keine Besonderheit.

Örtlicher Numerus clausus

In diesem Fall sind die Plätze in einem Fach knapp, und es gibt einen örtlichen „Numerus clausus" (NC). Immer mehr Hochschulen müssen aus Platzmangel zu diesem Weg der Studienplatzverteilung greifen, bei dem die Bewerber mit dem besten Abi-Durchschnitt bevorzugt aufgenommen werden. Wer relativ schlechte Noten hat, kann an manchen Unis allenfalls noch per Losverfahren einen Platz ergattern. Man bewirbt sich also direkt an der gewünschten Hochschule. Wen der örtliche NC betrifft, der sollte sich vorsichtshalber parallel an möglichst vielen Universitäten bewerben.

Bundesweiter Numerus clausus

Hat die Mehrzahl deutscher Hochschulen in einem Fach einen Numerus Clausus, dann kommt die ***ZVS***, die Zentralstelle für die Vergabe von Studienplätzen in Dortmund, ins Spiel. Das gilt beispielsweise für Medizin, Pharmazie oder Psychologie. Achtung: In ***Nordrhein-Westfalen*** werden auch die meisten „normalen" Studienplätze von der ZVS vergeben! Auch die Vermittlung an Fachhochschulen übernimmt dort die ZVS.

Die ZVS bezeichnet sich selbst als „zentralen Marktplatz", auf dem Studienplätze verteilt werden. Damit soll verhindert werden, dass sich an der einen Uni 300 Leute für Medizin bewerben, an einer anderen aber nur 50. Bei der ZVS darf man pro Fach nur einen Antrag stellen, immerhin aber auch seinen Wunschort nennen. Dass ihr dorthin kommt, ist aber mitnichten sicher. Falls ihr im ersten Anlauf nirgends einen Studienplatz bekommt, gibt es noch eine letzte Chance: Kurz vor Semesterbeginn könnte euch ein Brief ins Haus flattern, der euch mitteilt, dass ihr im Nachrückverfahren doch noch Glück hattet. Häufig treten nämlich nicht alle ihren Platz an – oder haben sich erfolgreich an mehreren Unis beworben – weshalb einige Plätze frei bleiben für Nachrücker.

Für die Auswahl der ZVS ist in erster Linie die Abi-Note maßgebend, ferner die Zahl möglicher „Wartesemester". Dazu zählen auch die Zivildienst-Zeit oder ein Freiwilliges Soziales Jahr. Insgesamt gilt: Je länger man auf einen Studienplatz gewartet hat, desto höher sind die Chancen, in der nächsten Runde unter den Glücklichen zu sein. Der NC für ein Fach wird übrigens nicht im Voraus festgelegt, sondern ergibt sich jedes Jahr neu nach dem Notendurchschnitt der besten Bewerber. Es hilft aber, auf der ZVS-Homepage nachzusehen, bei welcher Notengrenze euer Fach im vergangenen Semester lag. So könnt ihr eure Chance besser einschätzen.

Über das Bewerbungsprozedere und die Fristen solltet ihr euch früh informieren. Die Internetseite wird regelmäßig aktualisiert, und es gibt eine Landkarte mit allen Universitäten Deutschlands. Inzwischen ist sogar eine Online-Bewerbung möglich. Wie bequem!

LINK

www.zvs.de (Seite der Zentralstelle für die Vergabe von Studienplätzen)

GELD FÜRS STUDIUM

So schön das Studentenleben auch ist, irgendwoher muss – wie immer – Geld kommen. Von Luft und Büchern allein lässt sich schließlich nicht leben. Die Möglichkeiten: die Eltern anflehen, dem Staat auf der Tasche liegen, selbst rackern, von einer Stiftung für die überaus guten Leistungen Geld bekommen oder Schulden bei der Bank machen. Irgendwie klingt alles anstrengend, aber eine dieser Varianten wird wohl herhalten müssen.

Unterhaltspflicht der Eltern

Ja, Mama und Papa müssen – sofern sie es sich leisten können – mal wieder ran. Gesetzlich sind sie sogar dazu verpflichtet, für den Unterhalt während eurer Ausbildung aufzukommen. Zumindest für eure Erstausbildung. Ein zweites Studium oder eine weitere Berufsausbildung müssen sie euch also nicht finanzieren. Bis zur Vollendung eures 27. Lebensjahres gilt die Unterhaltspflicht.

Um wieviel Geld ihr eure Eltern anflehen könnt? Orientierung bietet die „Düsseldorfer Tabelle", die von Familiengerichten zur Festsetzung von Unterhaltszahlungen bei Scheidungen zusammengestellt wurde. Sie sieht etwa 640 Euro monatlich für Studenten vor, die nicht mehr zu Hause leben. Der vorgeschlagene Betrag ändert sich aber in regelmäßigen Abständen. Bei Azubis wird von diesem Betrag euer Einkommen plus 85 Euro abgezogen. Ein Beispiel: Wer 360 Euro im Monat verdient, hat einen Anspruch auf eine Unterstützung von 195 Euro durch seine Eltern, denn 640 – (360 + 85) = 195.

Aber: Im Normalfall könnt ihr euch sicher mit euren Eltern auf einen Betrag einigen, ohne diese Tabelle zu Rate ziehen zu müssen. Ihr habt übrigens eine bessere Diskussionsgrundlage, wenn ihr erst einmal einen Monat lang testet, wieviel Geld ihr eigentlich zum Leben braucht. Wie das ganz einfach geht, steht auf Seite 160.

LINK

http://www.olg-duesseldorf.nrw.de/07service/07_ddorftab/index.php (die „Düsseldorfer Tabelle", nach Jahren sortiert)

Kindergeld

Das Geld bekommen eure Eltern. Wenn ihr brav seid, geben sie es euch. Ausführliche Informationen findet ihr auf Seite 110.

BAföG

Die Langform von „BAföG" ist ein Mammutwort: „Bundesausbildungsförderungsgesetz". Was sich dahinter versteckt? Die Antwort auf die Frage, wer für seine Ausbildung wieviel Geld vom Staat bekommt.

Doch aufgepasst: Der Antrag ist so kompliziert, dass man froh sein kann, wenn man es hinkriegt, seinen Namen ins richtige Feld zu schreiben. Und die BAföG-Ämter stehen nicht gerade im Ruf, besonders entgegenkommend zu sein. Aber für viele Studenten führt kein Weg am Geld vom Staat vorbei.

Im Durchschnitt 700 Euro braucht ein Student pro Monat, je nach Stadt kann es mehr oder weniger sein, Studiengebühren nicht mitgerechnet. Das allein mit Nebenjobs zu finanzieren, bedeutet enormen Stress und ist selten ohne Beeinträchtigung des Studiums machbar. Deshalb also: BAföG. Die Hälfte des gezahlten Geldes will der Staat nach Studienabschluss zurückhaben – immerhin ohne Zinsen. Wer sein Studium allerdings mit besonders guten Noten und noch vor Ablauf der Regelstudienzeit abschließt, muss weniger abstottern. Also nicht vergessen, dem BAföG-Amt die überdurchschnittlichen Leistungen mitzuteilen!

Wenn ihr beim Ausfüllen des Antrags verzweifelt, holt euch Hilfe beim Studentenwerk. Das gibt es an jeder Uni. Den Antrag könnt ihr online ausfüllen und ausdrucken oder auch nur herunterladen. Unter www.bafoeg-rechner.de könnt ihr euch schon einmal ausrechnen lassen, ob und wieviel BAföG euch zusteht. Abhängig vom Einkommen der Eltern kann man zwischen 10 und 648 Euro monatlich bekommen. Eine weitere BaföG-Erhöhung ist geplant. Als Richtwert könnt ihr euch merken: Wenn die Eltern weniger als 32.000 Euro zu versteuerndes Jahreseinkommen haben, stehen die Chancen gut, BAföG zu bekommen. Als BAföG-Antragsteller darf man nicht älter als 30 sein und noch keine geförderte Ausbildung hinter sich haben. Außerdem verliert man seinen Anspruch, wenn man mehr als 400 Euro zusätzlich im Monat verdient – und auch, wenn man zusätzliches Geld irgendwo anders angelegt hat. Ein zweites Sparbuch werdet ihr übrigens kaum verstecken können; die Behörden können nämlich sämtliche Bankkonten abfragen!

LINKS

http://www.bafoeg-rechner.de/Rechner (Online-Rechner, der verrät, ob man Chancen hat beim BAföG-Amt)

www.das-neue-bafoeg.de (BAföG-Infos des Bundesministeriums für Bildung und Forschung)

Tipp

Als BAföG-Empfänger kann man vom BAföG-Amt auch einen Zuschuss zum Krankenversicherungsbeitrag bekommen! Ohnehin ist eine Krankenversicherung Voraussetzung für eine Zulassung an der Uni. Ihr könnt aber bis zu einem gewissen Alter (meist 25 Jahre) und bis zu einer gewissen Einkommenssumme noch bei euren Eltern mitversichert sein – beitragsfrei! Und wenn ihr euch als Student selbst versichern müsst, gibt es Studentenrabatt. Anstelle der hohen Krankenkassenbeiträge für Normalbürger zahlt man als Student bei allen gesetzlichen Kassen nur etwa 55 Euro pro Monat. **Mehr dazu auf Seite 189.**

Jobben

Wer nicht BAföG-berechtigt ist, beispielsweise weil die Eltern „zuviel“ Geld verdienen, muss entweder darauf hoffen, genug Unterstützung von daheim zu bekommen – oder jobben. Bis zu 20 Wochenstunden sind während des Semesters erlaubt, bei mehr verliert man zum Beispiel den Anspruch auf den Studententarif der Krankenkassen. Wer bis zu 400 Euro im Monat verdient, muss auch noch keine Steuern zahlen. Das läuft unter dem Stichwort „Minijob“. Bei einem höheren Einkommen werden bereits Steuern und Sozialabgaben fällig. Ihr bekommt also nicht mehr das vollständige Bruttogehalt.

Eine gute Verdienstmöglichkeit sind Ferienjobs: Man zahlt wenig Lohnsteuer und kann für einen gewissen Zeitraum so viel arbeiten, wie man will, ohne dass das Studium darunter leidet. Zudem bieten Messen oder andere Veranstalter oft gute Stundenlöhne. Umgucken! Auf Aushänge im Institut achten und ab und an mal einen Blick aufs schwarze Brett werfen, das eigentlich alle Unis inzwischen auch online haben.

Stipendien

Eine Alternative zum BAföG sind Stipendien. Deutschlands größtes Begabtenförderungswerk ist die ***Studienstiftung des deutschen Volkes***. Sie ist überparteilich, und ihre Stipendiaten genießen hohes Ansehen. Zudem gibt es Stiftungen von ***Kirchen*** und von den verschiedenen ***Parteien*** in Deutschland: die CDU-nahe Konrad-Adenauer-Stiftung, die SPD-nahe Friedrich-Ebert-Stiftung, die Grünen-nahe Heinrich-Böll-Stiftung, die FDP-nahe Friedrich-Naumann-Stiftung sowie die der Linkspartei nahestehende Rosa-Luxemburg-Stiftung. Der Deutsche Gewerkschaftsbund fördert Studenten im Rahmen der Hans-Böckler-Stiftung.

Die Höhe des Stipendiums ist – wie beim BAföG – vom Einkommen der Eltern abhängig. Allerdings steht jedem ein monatliches Büchergeld zu. Das liegt meist bei etwa 80 Euro. Das Gute an den Stipendien dieser Stiftungen: Man muss ***nichts zurückzahlen***. Und sie machen sich überaus gut im Lebenslauf. Allerdings sollte man, um aufgenommen zu werden, nicht nur gute Noten, sondern auch „gesellschaftliches Engagement" nach-weisen können. Außerdem braucht man meist ein oder zwei Gutachten von Dozenten (oder dem Schulleiter, wenn man gerade erst mit dem Studium anfängt und frisch von der Schule kommt). Auf den einzelnen Webseiten stehen sämtliche Aufnahmekriterien.

LINKS

www.stiftungsindex.de (Verzeichnis sämtlicher, auch kleinerer Stiftungen)

www.studienstiftung.de (Seite der Studienstiftung des deutschen Volkes)

www.kas.de (Konrad-Adenauer-Stiftung)

www.fes.de (Friedrich-Ebert-Stiftung)

www.boell.de (Heinrich-Böll-Stiftung)

www.freiheit.org (Friedrich-Naumann-Stiftung)

www.rosalux.de (Rosa-Luxemburg-Stiftung)

Studienkredite, Bildungsfonds, Bildungskredit

Kein BAföG? Kein Stipendium? Kein Studiengeld von den Eltern? Kein Nebenjob? Jetzt kommen als Finanzierungsmöglichkeiten nur noch Studienkredite und Bildungsfonds in Frage.

Da immer mehr Bundesländer Studiengebühren erheben, gibt es auch entsprechende Kreditangebote von Banken und Sparkassen. Man nimmt also einen Kredit zur Finanzierung des Studiums auf und muss diesen später vom Einkommen zurückzahlen – einschließlich Zinsen. Die verschiedenen Anbieter hat www.studis-online.de aufgelistet. Ihr solltet aber unbedingt die Konditionen vergleichen: reale Verzinsung, Rückzahlungsfrist etc. Der beste Kredit ist natürlich der mit dem niedrigsten

Zinssatz – und dieser sollte über die gesamte Laufzeit des Kredits garantiert sein. So könnt ihr genau ausrechnen, wie viel ihr später zurückzahlen müsst. Die KfW-Förderbank stellt einen Kredit zur Verfügung, der jedem unter 30 offen steht. Unabhängig vom Studienfach und dem Einkommen der Eltern bekommt man bis zu 650 Euro im Monat maximal zehn Semester lang. Binnen 25 Jahren muss das Geld danach zurückgezahlt werden. Ab und an werdet ihr übrigens auch auf den Begriff „Studiendarlehen" stoßen – das ist dasselbe.

Mit ***Bildungsfonds*** werden Studenten unterstützt, die besonders gute Leistungen nachweisen können und ein mehrstufiges Auswahlverfahren bestehen. Ein Anbieter ist die „CareerConcept AG", die etwa 800 Euro im Monat auszahlt und zusätzlich Geld für Auslandsaufenthalte bereitstellt. Dass die Aufnahmebedingungen so hart sind, hat folgenden Grund: Die Studenten müssen hervorragende Jobchancen haben, damit sie das Geld schon nach drei bis zehn Jahren Berufstätigkeit komplett zurückgezahlt haben. Das ist auch der Grund, weshalb die „brotlosen" Geisteswissenschaftler weniger gern gefördert werden. Die genauen Konditionen werden mit jedem Studenten individuell vereinbart.

Außerdem gibt es noch den simpel ***Bildungskredit*** genannten Ausbildungskredit der Bundesregierung. Den erhält man aber erst nach der Zwischenprüfung, und zwar zwei Jahre lang maximal 300 Euro im Monat. Wer den Bildungskredit in Anspruch nehmen will, muss unter 36 Jahre alt sein. Ihr habt also noch ein bisschen Zeit. Ansprechpartner für den Antrag ist das Bundesverwaltungsamt in Köln. Der Vorteil des Bildungskredits: Im Vergleich zu privaten Anbietern ist der Zinssatz relativ niedrig. 2009 lag er beispielsweise bei 2,03 Prozent.

Bei allen Kreditvarianten solltet ihr aber bedenken: Ihr startet mit enormen Schulden ins Berufsleben. Kredite sind zunächst bequem, sie sollten aber wirklich nur dann in Erwägung gezogen werden, wenn es absolut keine andere Finanzierungsmöglichkeit mehr gibt.

LINKS

www.bildungsfonds.de (Übersicht über alle Bildungsfonds)

www.bildungskredit.de (Informationen des Bundesverwaltungsamts über die Bedingungen, die man erfüllen muss, um einen Bildungskredit zu erhalten)

www.kfw-foerderbank.de (unter „Studium und Beruf" und dann „Wissenskredite für Studenten" findet sich das Angebot der KfW-Förderbank)

www.studis-online.de/Studinfo/Studienfinanzierung/studiendarlehen.php (ein Glossar, das Licht ins Studienfinanzierungsdunkel bringt)

KURZ & KNAPP

Wenn ihr noch nicht sicher seid, ob ihr studieren oder eine Ausbilung machen wollt, könnt ihr auch erst einmal eine Weile „nur" jobben, bis ihr wisst, wie es weiter gehen soll. Seit eurem 18. Geburtstag gilt das Jugendarbeitschutzgesetz nicht mehr; alle arbeitsrechtlichen Einschränkungen, die bis dahin galten, fallen nun weg: Ihr könnt jetzt länger als 40 Stunden pro Woche arbeiten und auch Wochenendarbeit, Schicht- und Akkordarbeit nachgehen. Ein Nachteil: Euch steht nun nur noch eine halbe Stunde Pause bei einer täglichen Mindestarbeitszeit von sechs Stunden zu (vorher war es eine Stunde).

Der eigene CHEF sein

Wenn ihr zur wagemutigeren Sorte Mensch gehört, die sich nicht scheut, sich für eine Geschäftsidee Nächte um die Ohren zu schlagen, ist es für euch vielleicht das Richtige, ein eigenes Unternehmen zu gründen. Eigentlich sind ein Studium oder eine Berufsausbildung generell eine gute Grundlage. Aber wer so lange nicht warten kann und eine tragfähige Geschäftsidee hat, der kann es auch vorher probieren. Immerhin: Das Vorurteil „Wer sich selbstständig macht, geht pleite" stimmt nur bedingt. Nur drei von zehn selbst gegründeten Unternehmen scheitern in den ersten vier Jahren.

SO GEHT'S

Ihr müsst ehrlich zu euch sein: Kommt ihr mit dem Risiko klar, kein geregeltes Einkommen zu haben, für alles verantwortlich zu sein und mehr zu arbeiten als etwaige Mitarbeiter? Gründer oder nicht – das ist eine Typfrage. Unter ***www.ebs-gruendertest.de*** findet ihr einen Online-Fragebogen zum Selbsttest; die gestellten Fragen weisen euch zugleich auf sämtliche Faktoren hin, die beim Thema „selbstständig machen" zu beachten sind. Betriebswirtschaftliches Grundwissen sollte – auch wenn ihr keine Ausbildung oder ein Studium hinter euch habt – allerdings vorhanden sein; ohne korrekte Buchführung geht nichts.

Am Anfang steht natürlich eine gute Idee. Dann müsst ihr den Markt analysieren: Gibt es meine Idee schon? Wer ist die Konkurrenz? Ist der Markt in meiner Branche womöglich schon gesättigt? Zieht ihr aus diesen Fragen eine positive Bilanz für eure Ideen, muss ein ***Finanzplan*** aufgestellt werden. Schaut euch um nach Förderprogrammen, bei denen mit guten Konzepten auch gutes Geld zu holen ist. So hilft beispielsweise auch die Bundesagentur für Arbeit, wenn man eine „Ich-AG" gründen will.

Zudem gibt es noch die ***„StartUp-Initiative"***, die mit ihrer StartUp-Werkstatt, dem StartUp-Wettbewerb und dem Deutschen Gründerpreis gute Ideen prämiert. Wenn ihr dort beratende und finanzielle Unterstützung findet, dann muss das Unternehmen ja eigentlich bloß noch gegründet und eine Gewerbeanmeldung eingeholt werden. Die Rechtsform, die ihr am Anfang wahrscheinlich wählt, ist die Gesellschaft bürgerlichen Rechts (GbR). Dabei haftet man mit seinem eigenen Vermögen, benötigt aber kein hohes Gründungskapital wie etwa bei einer GmbH.

LINKS

www.ebs-gruendertest.de (Online-Test, der verrät, ob man ein „Gründertyp" ist)

www.existenzgruender.de/selbstaendigkeit/finanzierung/foerderprogramme/index.php (Übersicht über Förderprogramme, Tipps zur Antragstellung)

www.deutscher-gruenderpreis.de (Beispiele erfolgreicher Selbstständiger, Aktuelles zum Thema Unternehmensführung und -gründung)

Tipp

Wenn ihr gemeinsam mit Freunden ein Unternehmen gründet, solltet ihr alle Absprachen in einem Vertrag festhalten. Dies gilt übrigens in jedem Fall, in dem ihr Geschäftsbeziehungen mit Freunden eingeht. Wahrscheinlich könnt ihr euch anfangs nicht vorstellen, dass es je zu einem Streit kommen könnte und haltet deshalb einen solchen Vertrag für albern. Im Ernstfall kann aber genau jener Vertrag eine Freundschaft retten; schließlich haben beide Seiten bestimmten Punkten vorher zugestimmt.

© Martina Drignat

Marcus Wiebusch

„ALS MUSIKER FÜHRT MAN EIN HUNDELEBEN"

INTERVIEW MIT MARCUS WIEBUSCH

Was tun, wenn man eine CD produziert hat und keine Plattenfirma findet, die sie auf den Markt bringen will? Für Marcus Wiebusch, Sänger der Band Kettcar, war klar: Wir machen das jetzt einfach selbst. Zusammen mit Thees Uhlmann, dem Sänger der Band Tomte, und dem Kettcar-Bassisten Reimer Bustorff hat er den Schritt in die Selbstständigkeit gewagt und 2002 das Plattenlabel „Grand Hotel van Cleef" gegründet. Die erste Kettcar-CD wurde ein Erfolg, die folgenden ebenfalls, und auch die Lieder von Tomte landeten in den Charts. Inzwischen gilt das Hamburger Label als erste Adresse für alternativen deutschen Gitarren-Pop. 15 Bands haben Marcus und seine Kollegen unter Vertrag, darunter die Hansen-Band mit Schauspieler Jürgen Vogel am Mikrophon.

Ganz schön mutig, einfach so ein Plattenlabel zu gründen. Hattet ihr nie Angst, dass es in die Hose gehen könnte?
Klar hatten wir Angst. Wir haben Budget-Pläne gemacht und überlegt: Wenn das schief geht, sind wir alle auf Jahre verschuldet. Dann hätten wir zehn Jahre nicht in den Urlaub fahren können. Wir haben dabei schon viel riskiert. Die erste Kettcar-CD war zwar erfolgreich, aber ganz sicher ist man ja nie.

Und wie kommst du mit dem Erfolg klar?
Auf der Straße werde ich noch nicht angesprochen. Die ganze Aufmerksamkeit und das Interesse der Medien finde ich einfach nur nett.

Was wolltest du mit 18 werden?
Mit 18 hatte mich die Musik schon gepackt. Davor wollte ich Anwalt werden. Den Gedanken habe ich zum Glück schnell verworfen. Nach dem Abi habe ich Erziehungswissenschaften studiert. Das Studium war mir aber vollkommen egal, die Musik war mir wichtig. Abgeschlossen habe ich es eigentlich nur, um meiner Mutter zu beweisen, dass ich das kann.

Kannst du den Schritt in die Selbstständigkeit empfehlen?
Man muss schon aus einem bestimmten Holz geschnitzt sein, um das zu machen. Wir wollten Musik anders herausbringen, eine Alternative anbieten – auch wenn die Musikbranche ein reines Blutbad ist. Wir sind dabei sehr frei, das kann ich jedem empfehlen. Außerdem ist es toll, bei der Arbeit mit Freunden abzuhängen.

Bist du Musiker geworden, um nicht erwachsen zu werden?
Irgendwie schon, ja. Mein Studium und die Musik, das war die Verlängerung der Jugend mit anderen Mitteln. Als Musiker auf Tour führt man ja ein Hundeleben, einfach so von der Hand in den Mund, entbehrungsreich und jugendlich. Jetzt habe ich meine Miete und den vollen Kühlschrank sicher. Früher war das anders.

WEHR-DIENST/ ZIVIL-DIENST:

Jungs

IN DER PFLICHT

WAS MACHT DER MIT DEM FINGER?

Es gibt ja nicht mehr viele Tabus in unserer Gesellschaft. Eins betrifft diese Aussage: „Ziemlich vielen jungen Männern wird mindestens einmal in ihrer Jugend von Staats wegen der Finger in den Po gesteckt." Dieser Satz ist objektiv richtig, aber ihn mal von einem Bundespräsidenten oder meinetwegen auch dem Generalsekretär irgendeiner Partei zu hören, scheint ausgeschlossen.

Auch wenn es heutzutage längst nicht mehr jeden jungen Mann mit einem IQ über Forrest-Gump-Niveau trifft – bei der Musterung wird den betroffenen Jungs ob des knöchrigen Fingers im Anus wohl ziemlich schnell klar, worum es geht. Und zwar um etwas, das man selbst nicht will, das aber der Sicherheit des Landes wegen jetzt einfach mal ertragen werden muss. So wie mit dem knöchrigen Finger ist es auch mit dem Zivildienst und der Bundeswehr. Da müsst ihr einfach durch, wenn euch das Los trifft, Jungs!

Um gleich allen Illusionen jegliche Grundlage zu nehmen: Zivis und Bundis stehen in der gesellschaftlichen Hierarchie ungefähr da, wo besagter Militärarzt seine Griffel wärmt. Der Zivi wird im besten Fall als fauler Punk, im schlechtesten als Kommunist und Landesverräter beschimpft. Der Bundi indes wird von seinem Vorgesetzten – je blöder, desto lauter – im besten Fall als Schwächling und im schlimmsten gleich als Zivi tituliert. Anerkennung gibt's nicht. Weggetreten!

Aber dafür hat man später wenigstens was zu erzählen; ist ja auch was wert. Und so kann man sicher sein, dass der Bundi noch auf Jahre hinaus zielsicher das andere Geschlecht mit seinen Geschichten – in denen so absurd lautmalerische Begriffe wie „Uffze" und anderes Gebölk auftaucht – verschrecken wird. Der Zivi würzt dafür jedes künftige WG-Essen mit dem Hinweis auf die verschiedenen Durchfallarten, die ihm während seiner Dienstzeit in die Hände kamen; und zwar pünktlich dann, wenn die Mousse au Chocolat aufgetischt wird.

Die Frage nach dem Sinn des Ganzen ist dabei müßig. Wie sinnvoll die Bundeswehr im größeren, im nationalen, im weltpolitischen Kontext ist, macht eine einfache Gedankenkette deutlich: Gäbe es keine Kasernen, würden die Leute, die jetzt noch kaserniert sind, in der normalen Welt herumlaufen. Das kann keiner wollen. Am wenigsten die lustigen Pazifisten. Ähnlich einfach ist es, die Notwendigkeit des Zivildiensts zu beurteilen. Stellen wir uns hierfür nur mal das deutsche Gesundheitswesen ohne die praktischen, verbrauchsarmen Zivis vor. Unbezahlbar! Anstatt dem Pfleger vom abben Arm, dem Krieg und dem Russen erzählen zu können, müsste der Opa allein in seinem Kämmerlein hocken.

Zur Kommunikation zwischen den Generationen sind Armee und Zivildienst aber allemal geeignet. Denn während gleichaltrigen Mädels nur selten das Herz oder irgendetwas anderes aufgeht, wenn man vom „Biwak" oder Katheter erzählt, sind die Menschen am anderen Ende der Lebenszeit sehr viel empfänglicher. Endlich fühlt sich der Enkel nicht mehr so unbeleckt, wenn es bei der Familienfeier mal wieder um den guten alten Krieg geht. Ja, jetzt kann er mitreden, fast fühlt er bei sich selbst schon ein Holzbein wachsen. Das Fest wird dadurch zwar sicher nicht besser, aber Bundi und Opa kommen sich näher. Wird ja auch Zeit. Gleiches gilt für den Zivi, der noch vor kurzem der Großtantes Zipperlein arg übertrieben fand und jetzt die schleimhaltigen Geschichten der Altvorderen noch mit anschaulichen Details bereichern kann. Auf dass dem Papa, vielleicht sogar noch ein Hippie der 68er-Schule, ganz grün um die gerümpfte Nase wird!

Übrigens: Nach der Fingerattacke macht der Militärarzt Notizen in seine Unterlagen. Was er da so reinschreibt, hat wohl noch kein Gemusterter erfahren. Ist wohl auch so ein Tabuthema.

MUSTERUNG

Den Jungs flattert irgendwann vorm 18. Geburtstag die Einladung zur Musterung ins Haus. Da kommt man nicht drum herum, da muss man hin und sich in einen Tauglichkeitsgrad einstufen lassen. T1 und T2 bedeuten „wehrdienstfähig", wobei T1 für „voll verwendungsfähig" steht, T2 für kleine Einschränkungen wie Zahnspange, Brille oder Allergie. T4 bedeutet „vorübergehend nicht wehrdienstfähig" – die Musterung kann später wiederholt werden. Alles ab T5 heißt: Ausgemustert! Man muss nicht dienen.

Der Wehrdienst dauert neun Monate, sie soll aber wahrscheinlich ab 2011 auf sechs Monate verkürzt werden. Und wenn man ohnehin dran ist, kann man sich auch freiwillig für eine längere Dienstzeit verpflichten, was vor allem mehr Geld und für einige Zeit einen sicheren „Arbeitsplatz" bedeutet. Man kann beim Bund auch eine Ausbildung oder ein Studium machen. Der Sold beträgt in den ersten drei Monaten etwa 282,30 Euro und steigt dann nach und nach. Unterkunft, Verpflegung und medizinische Versorgung sind für die „Bundis" frei.

KRIEGSDIENSTVERWEIGERUNG

Wer nicht das „Glück" oder Geschick hatte, ausgemustert zu werden, und trotzdem keine Lust auf das Kasernenleben hat, muss sich jetzt schnell als Kriegsdienstverweigerer outen. Den „Antrag auf Kriegsdienstverweigerung" kann man beim Kreiswehrersatzamt (also nicht beim Bundesamt für Zivildienst) frühestens sechs Monate vor dem 18. Geburtstag stellen, spätestens aber zwei Wochen nach der Musterung. In eurem Antrag auf Verweigerung müsst ihr unbedingt Bezug nehmen auf Artikel 4, Absatz 3 des Grundgesetzes: „Niemand darf gegen sein Gewissen zum Kriegsdienst mit der Waffe gezwungen werden." Außerdem muss euer Antrag einen Lebenslauf enthalten sowie eine Darlegung eurer Gewissensgründe, die dazu führen, dass ihr den Kriegsdienst verweigern wollt.

In den meisten Fällen werden hier die „Erziehung zur Gewaltfreiheit" angeführt oder Verwandte, die im Krieg umgekommen sind. Musterformulierungen gibt es im Internet. Eure Gründe sollten zwar einleuchtend sein, in der Regel ist dieser Antrag aber reine Formsache, und ihr werdet als „Kriegsdienstverweigerer" anerkannt.

Beim Zivildienst könnt ihr zwischen verschiedenen Einsatzmöglichkeiten wählen:

Zivildienst in einer anerkannten Einrichtung

Die meisten entscheiden sich für den neunmonatigen, eventuell bald auf sechs Monate verkürzten Zivildienst bei einem der Spitzenverbände der Wohlfahrtspflege. Das sind beispielsweise das Deutsche Rote Kreuz, der Arbeiter-Samariter-Bund, die Caritas, der Deutsche Paritätische Wohlfahrtsverband oder das Deutsche Jugendherbergswerk. Ihr könnt den Zivildienst bundesweit oder auch in eurer Umgebung absolvieren. Fragt am besten direkt bei einem der Verbände nach. Eine Übersicht der Wohlfahrtsverbände findet ihr auf der Webseite des Bundesamts für Zivildienst. Entscheidet ihr euch für diesen gängigen Zivildienst, werdet ihr erst einmal das Gefühl haben, ein wahrer Geldsegen überschütte euch. Ihr bekommt nämlich ein gutes Gehalt, sogar Weihnachtsgeld und andere Zuwendungen. Die MP3-Sammlung wird dann wahrscheinlich schnell wachsen.

Freiwilliges Soziales Jahr

Ein FSJ kann man in ganz ähnlichen Einrichtungen machen wie den Zivildienst. Hierfür gibt es verschiedene Anlaufstellen in Deutschland. Auch im Ausland gibt es diverse Möglichkeiten (siehe Seite 62). Die Bezahlung ist in der Regel nicht mehr als ein Taschengeld, Unterkunft und Verpflegung sind kostenlos. Für soziale Berufe wird das FSJ meist als Vorpraktikum anerkannt.

Freiwilliges Ökologisches Jahr

Für Naturliebhaber gibt es die Möglichkeit, zwölf Monate lang im Umweltschutz tätig zu sein. Man kann beispielsweise Schutzgebiete mit betreuen oder Kindern und Jugendlichen die Natur erklären. Allerdings: Das Taschengeld ist mit etwa 180 bis 370 Euro im Monat wesentlich kleiner als beim „normalen“ Zivildienst.

Anderer Dienst im Ausland

Zwischen elf und 18 Monate lang könnt ihr im Ausland Gutes tun, vor allem in den Bereichen Friedensarbeit und Völkerverständigung. Näheres auf Seite 65.

Ersatzdienst im Entwicklungsdienst

Dieser Dienst – er hat die Hilfe für Entwicklungsländer zum Zweck – dauert zwei Jahre. Mehr dazu und noch viele weitere interessante Aspekte zum Thema Ausland findet ihr auf Seite 66.

Zivil- oder Katastrophenschutz

Wer bereits in einem festen Arbeitsverhältnis steht, das er für den Zivildienst nicht aufgeben oder unterbrechen kann, wählt meist diese Variante: den Dienst im Zivil- oder Katastrophenschutz. Er dauert sechs Jahre und wird meist abends oder am Wochenende abgeleistet, beispielsweise bei der Feuerwehr, dem Technischen Hilfswerk oder anderen Rettungsdiensten.

LINKS

www.bundeswehr.de (offizielle Webseite der Bundeswehr)

www.zivildienst.de (Seite des Bundesamts für Zivildienst mit Zahlen, Fakten, Versicherungsinfos und einer Zivildienststellenbörse)

www.zivildienst-stellen.net (hier findet ihr anerkannte Zivildienstellen in eurer Umgebung)

http://www.bmfsfj.de/BMFSFJ/Engagementpolitik/fsj-foej.html (Informationen über die Möglichkeiten freiwilligen Engagements auf der Seite des Bundesministeriums für Familie, Senioren, Frauen und Jugend)

www.freiwilligendienste.de (unter „Träger" könnt ihr Einsatzstellen nach Postleitzahlen suchen)

WAS IHR JETZT *dürft.*

WAS IHR JETZT *müsst.*

PARTEI *oder* GEBRAUCHT-WAGEN-HANDEL?

Am Tag des 18. Geburtstags ist theoretisch ja Vieles möglich. Was man nicht alles machen könnte: Heiraten und wirklich nur noch den „betroffenen“ Partner fragen müssen. Eine Partei gründen. Eine Firma gründen. Eine Sekretärin einstellen. Wählen gehen. Sich selbst zur Wahl stellen. Ein Auto oder gleich ein Haus kaufen. Lebenslänglich in den Knast gehen. Das alles fällt dem Endlich-Erwachsenen am Morgen seines Wiegenfests ein, und er weiß gar nicht mehr, wo ihm der Kopf steht. „Mensch, wo und was fang ich denn jetzt an? So viele Möglichkeiten, so wenige Ideen! Mannomann!“ In einer derart aufgelösten Verfassung findet Mutti das sabbernde Wrack am Geburtstagstisch, wo es Wörter wie „Wahlrecht“ und „Parteigründung“ brabbelt. Schützend nimmt sie es an ihre mütterliche Brust und sagt: „Ruhig Blut, Kind. Jetzt heißt es: Möglichkeiten ausloten und dann koordiniert zur Tat schreiten. Schritt für Schritt, mein armes, sabberndes Wrack.“ Gesagt, getan. Der Filius macht sich erst Gedanken, zur Tat schreitet er später, wie Mutter ihn geheißen.

Man muss sich hohe Ziele stecken, das weiß der 18-Jährige: „Sagen wir also, ich will Bundeskanzler sein.“ Aber halt, das ist eine Zustandsbeschreibung, wir brauchen ein Ziel! „Okay! Ich werde Bundeskanzler!“ Eine lange Kausalitätenkette baut sich vor dem jungen Menschen auf. Schnell merkt er, dass es ihm an etwas Entscheidendem fehlt, um Kanzler zu werden. Nämlich an der Lust, sich in einer Partei nach oben zu arbeiten und dabei zwangsläufig zu degenerieren. Schnell sind die nötigen Schlussfolgerungen gezogen, der junge Mensch beschließt – logisch –, seine eigene Partei zu gründen. Satzung, Mitgliedsbeitrag und die grobe politische Ausrichtung (irgendwas Gutes oder so) sind ruckzuck festgelegt, es folgen Detail-Vorstellungen, die immer wieder in deftige Allmachtsphantasien übergehen. Derart vorbereitet, geht's zum Wahlleiter, der an diesem Tag zufällig in der Stadt ist. Schnell ist die Idee vorgebracht, zu schnell, wie man bemerkt. „Wie, das war's?“, bellt der Wahlfuzzi. Und es entspinnt sich eine Diskussion, in der Sätze wie „Das ist ja gar kein Konzept, das ist ja vollkommen unstrukturiert“ und „Aber das ist doch die Lebenswirklichkeit der jungen Menschen von heute, was wollen Sie eigentlich, Sie Wahl-Gorilla?“ fallen.

Kurzum: Die Parteigründung ist heute erstmal ins Wasser gefallen, und der frische 18-Jährige beschließt, seine politische Karriere vorerst ruhen zu lassen.

Doch das ist noch lange kein Grund zum Aufgeben. Wenn es mit der Politik nicht klappt, kann man ja immer noch irgendwas anderes machen, das mit Korruption zu tun hat. Zum Beispiel eine Firma gründen; eignet sich ja auch für die Visitenkarte. Hier dringen dem jungen Wilden verständlicherweise sofort Stichworte wie „Waffenhandel" und „Osteuropa" ins gemarterte Hirn. Doch nach kurzer Recherche droht auch hier nur die Enttäuschung.

Die Menschen mit den großen, erfolgreichen Firmen hatten alle einen Großvater, der irgendwann mit einem Fliesenhandel oder einer Werkstatt im Hinterhof angefangen hat. Der eigene Opa hat zwar mal versucht, Schnaps zu brennen und so eine Dynastie zu begründen, dabei aber nach ein paar Jahren das halbe Haus in die Luft gejagt. Versager! Hätte er's zu etwas gebracht, müsste der 18-Jährige jetzt nicht grübeln. Er könnte einfach erben. Das würde reichen. Diese Einsicht sorgt für Verzweiflung. Trümmer einer noch nicht geschaffenen Existenz.

„Ich werde Diktator. Und schuld ist Opa!", winselt der desillusionierte 18-Jahre-und-einen-Tag-Mensch am Abend der Mutter ins Kissen. Zum Trost verdrücken beide erstmal den Rest der Geburtstagstorte – totalitäre Parteien oder einen Gebrauchtwagenhandel kann man später immer noch aufziehen.

EIN EIGENES *Konto*

Finanzwelt – ich komme! Bisher galt für euch der „Taschengeldparagraph“, der euch lediglich im Rahmen eures Taschengelds erlaubte, Geschäfte zu „tätigen“, sprich: einzukaufen. Jetzt, mit 18, seid ihr unbeschränkt geschäftsfähig; von euch geschlossene Kaufverträge besitzen uneingeschränkt Gültigkeit. Anders als vorher können die Eltern jetzt eure unüberlegten und überteuerten Anschaffungen nicht mehr rückgängig machen.

Wahrscheinlich habt ihr längst ein eigenes Girokonto, und spätestens jetzt wird es unabdingbar, um am wirtschaftlichen Leben teilzunehmen. Denn fast alles läuft heutzutage bargeldlos. Miete, Zeitungsabo, Telefonrechnung – jeden Monat gibt es Vieles zu bezahlen, doch richtiges Geld nehmen wir dafür selten in die Hand. Sobald ihr einen Job habt oder die Ausbildung beginnt, geht's nicht mehr ohne Konto, auf das das Geld fließt. Dass der Chef das Gehalt bar in die Hand drückt, das gibt's fast nur noch bei Schwarzarbeitern.

Mit der Eröffnung eines eigenen Kontos tretet ihr ein in die Finanzwelt, und völlig neue Begriffe prasseln auf euch ein. Hier ein kleines Glossar, damit ihr das Banken-Chinesisch halbwegs versteht.

Bankleitzahl

Die Bankleitzahl, kurz: BLZ, ist sozusagen die Adresse einer Bank und muss bei Überweisungen oder anderen Geld-Aktionen immer angegeben werden.

Dauerauftrag

Wenn ihr einen Dauerauftrag einrichtet – das geht online oder direkt in der Filiale eurer Bank oder Sparkasse – wird regelmäßig zu einem festgelegten Termin von eurem Konto ein Betrag auf ein bestimmtes Empfängerkonto überwiesen. Typisches Beispiel: Die monatliche Mietzahlung an den Vermieter. Daueraufträge könnt ihr jederzeit wieder kündigen.

Dispo-Kredit

Auch Überziehungskredit genannt. Das ist der Kredit, der auf ein Girokonto gegeben wird, meist in Höhe von ein bis drei Monatsgehältern. Der Dispo ist praktisch, weil die Miete auch dann (per Dauerauftrag) von eurem Konto abgeht, wenn euer Arbeitgeber noch nicht gezahlt hat. Der teure Nachteil: Es fallen hohe Überziehungszinsen an.

EC-Karte

Die „Eurocheque-Karte", seltener auch Debitkarte genannt, bekommt erst, wer volljährig ist. Mit ihr könnt ihr in den meisten Läden bargeldlos bezahlen oder am Automaten Geld abheben. Sie kann auch außerhalb Deutschlands in vielen Ländern genutzt werden.

Kontoauszug

Der Kontoauszug, den ihr in jeder Filiale eurer Bank ausdrucken oder euch gegen Gebühr schicken lassen könnt, informiert euch über alle Geldbewegungen und den aktuellen Stand eures Kontos. Aufgelistet sind der alte Saldo, also der alte Kontostand, die Einnahmen und Ausgaben sowie der neue Saldo, also das, was ihr gerade drauf habt. Prüft die Auszüge genau. Ist beispielweise eine Abbuchung verzeichnet, die ihr euch nicht erklären könnt und womöglich ein Fehler der Bank oder sogar Betrug vorliegt: Sofort am Schalter Widerspruch einlegen.

Kreditkarte

Sie gilt als Symbol der Reichen, die im Hotel „Vier Jahreszeiten" einfach ihre glänzende Kreditkarte auf den Mahagoni-Tresen legen. Der uniformierte Concierge lächelt, und schon ist die Rechnung beglichen. Mit der Kreditkarte lässt sich in Restaurants, Hotels und vielen Geschäften einfach per Unterschrift bezahlen – ein Komfort, den die EC-Karte im Grunde auch bietet. Ihr braucht also keine Kreditkarte, zumal sie meist Geld kostet (die Gebühren beginnen bei etwa 20 Euro im Jahr) und ein bestimmtes Mindesteinkommen voraussetzt. Notwendig ist sie indes bei Einkäufen in Online-Shops und bei einem längeren Aufenthalt in den USA; dort läuft fast alles über Kreditkarten; EC-Karten zählen nicht.

Lastschrift

Bei einer Lastschrift handelt es sich um eine einmalige oder regelmäßige Abbuchung von eurem Konto, die ihr zuvor jemandem gestattet habt, beispielsweise eurer Versicherungsgesellschaft für den jährlichen Beitrag. Ihr unterschreibt ein Formular, das sie zum Abbuchen des vereinbarten Betrags berechtigt (Einzugsermächtigung). Falls jemand unbefugt Geld abbuchen lässt, sollte man innerhalb von sechs Wochen bei seiner Bank Widerspruch einlegen und den Betrag zurückbuchen lassen. Auch hier der Rat: Die Kontoauszüge prüfen! Versucht, Lastschriften zu vermeiden – sie bedeuten immer „fremden Zugriff" auf euer Konto. Richtet für Miete und sonstige regelmäßige Kosten lieber einen Dauerauftrag ein.

Online-Banking

Hinter dem bequemen „Online-Banking" verbergen sich alle Bankgeschäfte, die man übers Internet tätigen kann: Überweisungen, Daueraufträge einrichten usw. Ihr erhaltet von eurer Bank eine so genannte PIN (siehe unten) und eine Liste mit geheimen Transaktionsnummern (TAN); eine davon braucht ihr für jeden Vorgang. Die TAN-Liste niemals bei den Zugangsdaten fürs Online-Banking aufbewahren!

PIN

PIN – das steht für „Persönliche Identifikationsnummer". Meist handelt es sich dabei um eine vierstellige Geheimnummer, mit der ihr euch zum Online-Banking anmeldet oder Geld am Automaten abhebt. Beim Abheben solltet ihr vorher kalkulieren, wieviel Bares ihr in den nächsten Tagen brauchen werdet: Habt ihr zu viel Geld einstecken, ist es verlockend, auch alles auszugeben. Die PIN eurer EC-Karte solltet ihr im Kopf haben und eigentlich nirgends notieren. Habt ihr Angst, sie zu vergessen, dann bewahrt sie an einem versteckten Ort auf. Notiert sie aber auf keinen Fall direkt auf der Karte oder auf einem Zettel im Portemonnaie! Klingt blöd, machen aber viele, und dann hat der Taschendieb leichtes Spiel.

Überweisung

Der bargeldlose Zahlungsverkehr läuft zu einem Großteil über Überweisungen. Dabei weist der Kontoinhaber seine Bank an, einen bestimmten Betrag abzubuchen und auf das Konto des Empfängers zu übertragen.

Der → Dauerauftrag ist eine besondere Form der Überweisung und lohnt sich, wenn es sich um regelmäßige, stets gleich hohe Zahlungen handelt.

Zins

Zinsen sind der Preis für das Ausleihen von Geld. Leiht ihr euch beispielsweise durch einen Kredit Geld, so müsst ihr dafür Zinsen zahlen (Soll-Zinsen). Spart ihr hingegen und schafft das Geld zur Bank, leiht ihr es der Bank und bekommt dafür Haben-Zinsen.

LINKS

www.bundesbank.de/bildung/bildung_glossar.php (gutes Glossar)

www.infos-finanzen.de (leicht verständliche, umfassende Erklärungen zum Thema „Geld")

DIE RICHTIGE BANK FINDEN

Sparkassen, Banken, Volksbanken, Raiffeisenbanken – da soll mal einer durchblicken. Etwa 2400 Kreditinstitute gibt es in Deutschland, aber welches ist nun das richtige, um dort sein Girokonto zu eröffnen?

Die meisten Banken bieten bis zum Alter von 27 gebührenfreie Jugendgirokonten an. Die einzige Bedingung ist meist, dass ihr regelmäßig nachweist, Student, Auszubildender, Zivil- oder Wehrdienstleistender zu sein. Eine Bank, die Kontoführungsgebühren von euch haben möchte, sollte also gleich durch das Raster fallen. Und auch die EC-Karte sollte kostenlos im „Konto-Paket" drin sein. Weiteres Auswahlkriterium: Euer Guthaben sollte gut verzinst werden; die Dispo-Zinsen, also die Kosten, die anfallen, wenn ihr das Konto überzieht, sollten hingegen niedrig sein. Außerdem ist wichtig, dass es zumindest einen Geldautomaten dieser Bank in eurer Nähe gibt. Denn hebt ihr bei einer fremden Bank Geld ab, wird das teuer. Eine gute „Automaten-Infrastruktur“ ist also wichtig. Ferner sollte die Bank Online-Banking anbieten, damit ihr nicht wegen jeder Überweisung in die Filiale rennen müsst. Tourt ihr gern und oft durch andere Länder? Dann schaut auch, ob ihr von eurem Konto in den wichtigsten Reiseländern kostenlos Geld abheben könnt.

Tipp

Schaut euch auch einmal unter den Online-Banken um! Die Deutsche Bank24 oder die 1822direkt seien beispielhaft genannt. Die meisten von ihnen haben den Vorteil, dass sie von vorneherein keine Kontoführungsgebühren verlangen. So müsst ihr nicht immer wieder Ausbildungsnachweise erbringen und zahlt auch später keine Verwaltungskosten.

MIT DEM GELD *„haushalten“*

Ihr fangt natürlich nicht erst jetzt an, mit eurem Geld „hauszuhalten". Auch vorher hattet ihr bereits – mehr oder weniger regelmäßig – Einkünfte und Ausgaben. Durch die aktuellen und kommenden Veränderungen in eurem Leben wird die Sache aber komplizierter. Auf der Haben-Seite stehen nun höhere Beträge als gewohnt: die willkommenen Geldgeschenke zum 18. Geburtstag oder zum Abitur, der Sold beim Bund oder Zivildienst, die monatliche Überweisung der Eltern nach eurem Umzug in die Universitätsstadt. Die Soll-Seite füllt sich aber ebenso: die erste eigene Karre und das Benzin dafür, die Miete und die brutale Nebenkosten-Nachzahlung, Bahnfahrten zu den in alle Himmelsrichtungen verstreuten Freunden. Neue Ausgaben, mit denen man vorher nichts zu tun hatte, oder für die die Eltern aufkamen, können euch schnell überrumpeln. Darum solltet ihr euren persönlichen Geldverkehr jetzt etwas bewusster angehen. Verlasst euch nicht darauf, dass „Freund Bankautomat" immer etwas ausspuckt. Und überlasst eure sonstigen Finanzangelegenheiten (mehr zu diesem Thema ab Seite 203) nicht auf Dauer eurem Papa. Zur neuen Freiheit gehört schließlich auch, sich nicht auf die Eltern verlassen zu müssen, sondern selbst klarzukommen – auch wenn die Kacke mal am Dampfen ist.

DIE AUSGABEN IM BLICK

Den Überblick über eure Finanzen behaltet ihr am besten mit einem ganz simplen Trick: Macht einfach mal ein paar Monate am Stück Buchhaltung. Fangt mit einem Kassensturz an und zählt zusammen, was ihr in bar und auf dem Konto habt. Legt euch dann eine Liste an und notiert am Ende des Tages oder in einer ruhigen Minute zwischendurch, was ihr ausgegeben habt. Das muss nicht auf den Cent genau sein, und ob es nun schwarze oder grüne Oliven waren, die ihr gekauft habt, ist auch egal. Rundet die Beträge ruhig auf oder ab und überlegt euch ein paar sinnvolle Kategorien, nach denen ihr die Ausgaben einteilt. Solche Kategorien können typischerweise sein:

➔ Lebensmittel

➔ Haushaltswaren, Putzmittel, Klopapier

- Kneipe, Kino, Konzert
- Musik, DVDs, Bücher
- Kleidung, Hygiene, Friseur
- Monatskarte, Bahnfahrkarten
- Auto, Benzin, Reparaturen
- Miete, Strom, Telefon
- Spezielle, ungewöhnliche Ausgaben (Urlaub, Weihnachten, Laptop …)

Wie detailliert ihr eure Liste gliedert und pflegt, hängt nur davon ab, wie ausgeprägt euer Buchhaltungs-Gen ist. Der eine kritzelt alles in den Kalender und rechnet am Monatsende zusammen, der andere erstellt eine ausgefeilte Excel-Tabelle. Vielleicht nervt euch das Ganze aber auch schon am zweiten Abend; wenn ihr es aber mindestens zwei, drei Monate durchhaltet, werdet ihr schon ein sehr genaues Gefühl dafür haben, wieviel ihr in einer durchschnittlichen Woche braucht. Zu wissen, wo das ganze Geld hingegangen ist, kann zwar schmerzlich sein – aber es verhindert auch unangenehme Überraschungen.

Wenn ihr eine Spalte für Uni-Materialien / Ausbildungskosten oder Ähnliches pflegt und die bei den nächsten Zuschussverhandlungen mit den Eltern parat habt, kann das ungemein überzeugend sein. Tipp

KREDITE

Kredite sollten in den nächsten paar Jahren eigentlich noch nicht in Frage kommen. Das geplante Schuldenmachen ist an sich zwar überhaupt nichts Schlimmes, sondern für große Anschaffungen und Investitionen oft ein notwendiges Instrument, aber man bindet sich damit für lange Zeit an einen Geldgeber. Deshalb muss man die Lebens- und damit Einkommensverhältnisse der nächsten Jahre einigermaßen einschätzen können. Und man zahlt immer drauf, denn das ist schließlich das Geschäft, das der Kreditgeber dabei macht: Er verleiht sein Geld (oder das seiner Bankkunden) gegen Zinsen. Also: Auch wenn der neue iPod lockt und der letzte Urlaub mit den Jungs schon so lange her ist – das sind keine Argumente für einen Kredit. Das mühsame Abstottern („Tilgen") wird auch braungebrannt und mit weißen Kopfhörern im Ohr nicht einfacher. Durchrechnen schadet dennoch nichts: Die meisten Banken haben entsprechende Online-Rechner, in die ihr Kreditsumme (das Geld, das euch ausgezahlt wird) und Laufzeit (die Zeit, in der ihr den Kredit und die Zinsen zurückzahlt) eingeben könnt. Dann seht ihr, wie viel ihr im Monat abbezahlen müsstet. Vergleicht mit diesen Zahlen mal eure Buchhaltung der letzten Monate: Hättet ihr die Kreditraten tatsächlich zahlen können? Ihr könnt auch mal versuchen, den entsprechenden Betrag im nächsten Monat zu sparen. Einfach wird's bestimmt nicht.

Das macht aber auch nichts – das Gefühl, für die Erfüllung eines lange gehegten Wunsches mit eigenen Geld zu bezahlen, im Schweiße eures Angesichts erarbeitet, ist ohnehin viel befriedigender.

SCHULDEN GEMACHT?

Ihr habt mit dem Handy nicht nur zuviel telefoniert, sondern seid damit auch im Internet unterwegs gewesen? Ihr habt irgendwie die Rechnung für die Auto-Haftpflicht vergessen und dann auch noch diese spitzenmäßige Digitalkamera bestellt? Egal, wie es passiert ist – wenn ihr so viele Schulden gemacht habt, dass ihr sie in nächster Zeit nicht zurückzahlen könnt, dürft ihr nicht den Kopf in den Sand stecken, sondern müsst das Problem angehen. Ihr seid damit zumindest nicht alleine: Laut der „Jugendstudie 2009" des Bundesverbands deutscher Banken sind acht Prozent der 14- bis 24-Jährigen bereits verschuldet. Solche „Negativmerkmale" werden übrigens sogar registriert: von der Schufa. Die Schufa heißt mit vollem Namen „Schutzgemeinschaft für allgemeine Kreditsicherung" und ist eine Art TÜV für Kreditwürdigkeit. Negativmerkmale bekommt dort verpasst, wer fällige Zahlungen nicht leistet. Bei jungen Menschen sind oft enorme Handygebühren und Einkaufstouren bei Internet- und Versandhändlern der Grund für die Verschuldung.

Bevor ihr 18 wart, haben die Eltern für eure Schulden gehaftet. Mit eurer vollen Geschäftsfähigkeit (siehe auch Seite 154) ist das nun vorbei. Für den Schlamassel seid ihr selbst verantwortlich. Trotzdem sind die Eltern in den meisten Fällen die erste Anlaufstelle. Sie werden nicht vor Freude tanzen, aber sicher einspringen, wenn es hart auf hart kommt. Handelt es sich um größere Beträge, die auch das Budget oder den Willen eurer Eltern überschreiten, könnt ihr euch an gemeinnützige ***Schuldnerberatungen*** wenden. Deren Adressen findet ihr bei der Bundesarbeitsgemeinschaft Schuldnerberatung im Internet (www.meine-schulden.de). Verschafft euch immer als erstes einen Überblick über alle offenen Forderungen und versucht dann, sie der Dringlichkeit nach zu bezahlen. Mit vielen Gläubigern (das sind die Leute oder Firmen, denen ihr Geld schuldet) kann man durchaus reden. Wenn ihr ihnen höflich erklärt, wann und wie ihr vorhabt, die Schulden zu begleichen, lassen sie sich nicht selten auf verlängerte Fristen oder Ratenzahlungen ein.

LINKS

www.summate.de (Online-Portal zum Verwalten der eigenen Finanzen)
www.meine-schulden.de (Übersicht über Schuldnerberatungen)
www.spiegel.de/thema/private_verschuldung/ (Special von „Spiegel-Online" zum Thema Schulden)

SPAREN

Wenn ihr auf den nächsten Urlaub spart oder euch in Sachen Konsum übernommen habt, muss irgendwo Geld her. Entweder indem ihr mehr einnehmt oder indem ihr weniger ausgebt. Zum Sparen nehmt ihr euch am besten zuerst die großen Brocken vor. Notiert all eure regelmäßigen Ausgaben. Geht dann jeden Punkt durch und fragt euch: Brauche ich wirklich das Auto, oder komme ich auch mit Rad, Bus und Bahn überall hin? Gibt es günstigere Handyverträge oder könnte ich auf Prepaid-Karten umsteigen? Gibt es weitere Verträge oder Abos, die ich kündigen könnte? Danach sind die unregelmäßigen Ausgaben dran. So wie die Miete, muss auch der Essenseinkauf sein. Da könnt ihr zwar auch sparen, indem ihr komplett auf Kochbeutelreis und Spaghetti umsteigt, aber das ist auf Dauer nicht wirklich empfehlenswert. Sparen könnt ihr am schnellsten und besten da, wo es leider weh tut: an den schönen Seiten des Lebens. Diese Woche geht's dann mal nicht in die Kneipe, diesen Monat mal nicht zu H&M. Gute Freunde haben dafür Verständnis. Wenn es ihnen ohne euch gar keinen Spaß macht, sollen sie euch einen ausgeben.

KURZ & KNAPP

9½ Tipps zum Sparen:

- Niemals hungrig einkaufen gehen! Der Appetit legt euch viel mehr in den Einkaufswagen, als ihr eigentlich braucht.
- Anschaffungen, die warten können, solltet ihr nie kurz vor Weihnachten tätigen. Danach gibt's viele, davor kaum Sonderangebote.
- Im Supermarkt stehen die teuren Waren in Augenhöhe. Günstiger sind die Produkte ganz unten und ganz oben. In den Tiefkühltruhen liegen oft die teuren Sachen rechts, weil die meisten Kunden Rechtshänder sind.
- Saisonprodukte besser nicht in der Saison kaufen: Wenn ihr einen Liegestuhl für den Balkon wollt, bekommt ihr ihn im Oktober billiger als im Mai. Bei frischen Lebensmitteln ist es aber umgekehrt. Gemüse und Obst ist dann am günstigsten, wenn es im eigenen Land geerntet werden kann. Im Netz findet ihr zahlreiche Saisonkalender, zum Beispiel unter http://www.bongusto.de/magazin/kuechen-praxis/bongusto-saisonkalender-52652.
- Führt keine Festnetz-Telefonate mehr ohne Billig-Vorwahl! Unter www.teltarif.de findet ihr je nach Uhrzeit, Gesprächsdauer und Ziel des Anrufs günstige Vorwahlen. Sogar in die USA könnt ihr für weniger als 2 Cent pro Minute telefonieren. Oder besorgt euch günstige Flatrates!

- Elektrogeräte wie Computer und Stereoanlage ziehen auch dann viel Strom, wenn sie auf Standby stehen. Ständig den Stecker zu ziehen und wieder einzustecken, ist aber auch nervig. Legt euch stattdessen ein paar Steckdosenleisten mit Netzschalter zu, mit dem ihr allen Geräten auf einmal den Saft abdrehen könnt. Aufs Jahr gerechnet macht das tatsächlich einen Unterschied!
- Den Backofen müsst ihr nicht immer vorheizen, wie es auf den Verpackungen steht. Außerdem: Elektro-Herde und Backöfen könnt ihr schon einige Minuten vor Ende der eigentlichen Koch-, Back- oder Bratzeit ausschalten. Die Restwärme reicht völlig.
- Das Wasser für die Spaghetti muss nicht langsam zum Kochen gebracht werden, wenn ihr es vorher im Wasserkocher erhitzt. Der braucht dafür viel weniger Zeit und Energie als der Herd.
- Zum Lüften die Fenster nicht kippen, sondern für fünf bis zehn Minuten richtig aufreißen und am besten Durchzug machen. Dabei die Heizung ab- und danach wieder aufdrehen. Die Luft wird dabei rasch ausgetauscht, und die Wände kühlen nicht aus. So wird es danach viel schneller wieder warm, die Heizung muss nicht so arbeiten. Auf die gleiche Weise bekommt ihr übrigens – auch im Winter – die Feuchtigkeit nach dem Duschen und Kochen aus Bad und Küche, was verhindert, dass der Schimmel es sich bei euch gemütlich macht.
- Toilettenpapier kann man beidseitig benutzen – der Erfolg liegt klar auf der Hand.

Die **STEUER-** *erklärung*

„Anlage N, Ziffer 21, rechte Spalte …" – solche Worte murmelnd, verbrachten eure Eltern jedes Jahr die letzten Mainächte am Küchentisch. Wenn ihr euch morgens auf den Schulweg machtet, saßen sie noch immer da. So ist die qualvolle Zeit der Steuererklärung, die früher oder später auch auf euch wartet. Auch Bill Gates (oder sein Heer von Steuerberatern) muss sich damit herumschlagen. Für die Steuererklärung von Gates, einem der reichsten Männer der Welt, haben die US-Finanzbehörden sogar einen eigenen Computer eingerichtet. Das übliche Steuerprogramm kapituliert bei seinen hohen Beträgen. Solche Probleme werdet ihr – jedenfalls vorerst – nicht haben. Trotzdem ist die Steuererklärung leider nichts, was ihr mal eben zwischen Nutella-Brot und E-Mail-Check erledigen könntet.

WER SIE ABGEBEN MUSS

Eigentlich jeder, der mehr als den steuerfreien Grundbetrag von etwa 8.000 Euro pro Jahr, das so genannte Existenzminimum, verdient. Habt ihr nur einen Nebenjob und verdient nicht mehr als 400 Euro, betrifft euch das leidige Thema also noch nicht. Habt ihr eine Lohnsteuerkarte abgegeben (die bekommt ihr vom Einwohnermeldeamt) und verdient mehr als diese 400 Euro im Monat, wird die Lohnsteuer direkt von eurem Gehalt abgezogen und vom Arbeitgeber ans Finanzamt weitergeleitet. Ihr bekommt sie aber zurück, wenn ihr – auf das ganze Jahr gerechnet – nicht mehr als den steuerfreien Grundbetrag verdient habt. Damit das Finanzamt das mitbekommt, macht ihr einen „Lohnsteuer-Jahresausgleich". Die Formulare dafür sind dieselben wie bei der Einkommensteuererklärung.

Der niedrigste Steuersatz („Eingangssteuersatz") liegt derzeit bei 14 Prozent, der Spitzensteuersatz bei 42 Prozent. Je mehr man verdient, desto höher ist der zu zahlende Prozentsatz. Das nennt man „progressiv". Und wenn wir schon bei der Begriffsklärung sind: „Brutto" ist das, was ihr verdient, „netto" das, was am Ende übrig bleibt – nach Abzug der Steuern und Sozialabgaben.

KURZ & KNAPP

- Abgabetermin für die Steuererklärung ist der 31. Mai des Folgejahres. Auf Antrag (das geht in der Regel telefonisch) bekommt man Verlängerung bis Ende September.
- Das zuständige Finanzamt ist das der Stadt, in der ihr euren Hauptwohnsitz habt.
- An Pausch- und Freibeträgen dreht die Politik relativ häufig. Erkundigt euch also auf jeden Fall über aktuelle Möglichkeiten und Änderungen im Steuerrecht, bevor ihr euch ans Ausfüllen der Formulare macht! Zum Beispiel im Internet beim Bundesfinanzministerium: www.bundesfinanzministerium.de. Im Buchhandel gibt es jede Menge Ratgeber.
- Die Steuererklärung kann man auch elektronisch einreichen. Allerdings muss man dies vor dem ersten Mal per Formular und Post beim Finanzamt anmelden. Die Formulare füllt man dann bequem am Bildschirm aus und sendet sie ans Finanzamt. Das Amt belohnt die arbeitssparende Erklärung durch bevorzugte Bearbeitung und Verzicht auf die Vorlage von Belegen. Mehr Informationen findet ihr unter www.elster.de.

DAS GEHEIMNIS: ABSETZEN, ABSETZEN, ABSETZEN

Nehmt die Steuererklärung sportlich: Eure Aufgabe ist es, möglichst viel „von der Steuer abzusetzen“. Das bedeutet, das ganze Jahr über Belege zu sammeln und Kosten nachzuweisen, die ihr von eurem Gesamteinkommen abziehen dürft. So verringert sich euer zu versteuerndes Einkommen – unter Umständen sogar bis unter den erwähnten Grundfreibetrag von rund 8.000 Euro. Es gibt drei große Kategorien absetzbarer Ausgaben:

Werbungskosten

Das sind Ausgaben, die ihr tätigt, um einen Job (eine *Erwerbstätigkeit*, daher der Name) zu kriegen oder den, den ihr bereits habt, auszuüben und zu sichern. Das klingt abstrakt, ist aber ganz einfach: Die tägliche Fahrt zur Arbeit und zurück ist nötig, damit ihr euren Job ausüben könnt. Die Kosten dafür könnt ihr also als Werbungskosten absetzen. Das geht beispielsweise, indem ihr eure Monatskarten als tatsächliche Belege einreicht. Zu den Werbungskosten zählen auch die Kosten für eine Bewerbung inklusive eventueller Reisekosten, außerdem Fachliteratur, Mitgliedsbeiträge für Gewerkschaften, Kosten für einen beruflich bedingten Umzug oder Fortbildungen.

Das Finanzamt rechnet euch für solche Ausgaben automatisch einen Pauschalbetrag an, den so genannten Arbeitnehmer-Pauschbetrag in Höhe von 920 Euro. Wenn ihr mehr als diesen Betrag geltend machen könnt, müsst ihr alle entsprechenden Kosten belegen. Das heißt umgekehrt: Wenn ihr mit euren tatsächlichen Ausgaben darunter liegt, könnt ihr euch das Sortieren von Quittungen und abgestempelten Fahrkarten sparen – der Pauschbetrag wird unabhängig davon angesetzt.

Sonderausgaben

Sonderausgaben sind Privatausgaben, die ausnahmsweise abgesetzt werden dürfen, weil sie politisch erwünscht sind. Dazu zählen insbesondere Vorsorgeaufwendungen, also Geld, das ihr für Risiko- und Altersvorsorge einsetzt. Beiträge für die gesetzliche Sozialversicherung, Lebens-, Unfall- und Haftpflichtversicherung könnt ihr hier ansetzen (mehr zum Thema Versichern und Vorsorgen findet ihr ab Seite 182). Hierfür gelten gewisse Obergrenzen – die aktuellen findet ihr im Internet. Außerdem könnt ihr die Kosten für eure Putzfrau und Spenden als Sonderausgaben aufführen. Und auch Ausgaben für das Erststudium werden bis zu einem Betrag von 4.000 Euro berücksichtigt.

Außergewöhnliche Belastungen

Das sind zum Beispiel Kosten für die Berufsausbildung von Kindern oder für Zahnersatz. Auf außergewöhnliche Belastungen werdet ihr in der Regel noch etwas warten müssen – aber das ist ja auch ganz gut so.

DER FREISTELLUNGSAUFTRAG

Den braucht ihr, um zu vermeiden, dass ihr Steuern auf Zinserträge zahlen müsst. Die sind nämlich bis zu 801 Euro steuerfrei – aber eben nur mit einem Freistellungsauftrag. Den stellt ihr direkt bei eurer Bank. Ihr könnt den Betrag von gegenwärtig 801 Euro auch auf mehrere Freistellungsaufträge aufteilen, solltet ihr mehrere zinsbringende Anlagen haben. Vergesst nicht, diesen Auftrag zu erteilen. Die Bank erinnert euch nämlich in der Regel nicht daran. Zinserträge, die die genannten 801 Euro überschreiten, werden übrigens zu satten 25 Prozent versteuert. Früher oder später werdet ihr auf diesen Begriff stoßen; das Ganze nennt sich „Abgeltungssteuer".

LINKS

www.elster.de (Steuererklärung online einreichen)

www.bundesfinanzministerium.de (Bundesministerium der Finanzen)

www.focus.de/finanzen/steuern (Themen-Special des „Focus"-Magazins)

Tipp

Hilfe bei der Steuererklärung gibt's bei den Eltern (günstig), Lohnsteuerhilfevereinen (nicht so günstig) und Steuerberatern (überhaupt nicht günstig). Aktuelle Hinweise findet ihr auch im Internet.

RECHT
und
GESETZ

Eure Religion konntet ihr schon mit 14 frei wählen. Euren Ausweis habt ihr mit 16 bekommen. Mit 18 aber kommen die meisten Neuerungen auf euch zu. So könnt ihr nun am politischen Leben teilnehmen, müsst mehr und mehr für begangene Straftaten geradestehen und könnt selbst euer Testament machen. Auf den nächsten Seiten erwartet euch ein Überblick über die wichtigsten Gesetzespunkte, die sich jetzt ändern.

DIE SITUATION VON PFLEGEKINDERN

Eigentlich ist man mit dem 18. Geburtstag nicht schlagartig erwachsen, meistens hat man ja doch noch die Zeit, es ruhig angehen zu lassen und den Eltern noch eine Weile auf der Tasche zu liegen. Etwas schwieriger gestaltet sich die Situation allerdings bei so genannten „Pflegekindern", also Kindern oder Jugendlichen, die zwar nicht von „neuen" Eltern adoptiert wurden, aber doch die meiste Zeit in einer anderen als ihrer leiblichen Familie aufgewachsen sind. Für sie kommt das Erwachsensein schlagartig: Denn Pflegekinder sind ab dem 18. Lebensjahr im gesetzlichen Sinne keine Pflegekinder mehr. Und die Unterstützung, die die Pflegefamilie seitens des Jugendamts bekommen hatte, sowie das Kindergeld fallen weg.

Nun ist es aber in den seltensten Fällen so, dass Pflegekinder – wie bei allen anderen auch – mit dem Weckerklingeln zum 18. Geburtstag einen Job haben und finanziell auf eigenen Beinen stehen. Deshalb könnt ihr, sofern betroffen, beim Jugendamt die „Hilfe für junge Volljährige" beantragen. Steht dort rechtzeitig und möglichst vor dem 18. Geburtstag auf der Matte! Beruft euch bei der Antragstellung aufs Kinder- und Jugendhilfegesetz § 41 SGB VIII. Die Hilfe kann im Rahmen von betreutem Wohnen oder auch in der Pflegefamilie erfolgen. Die Praxis zeigt allerdings, dass immer seltener Hilfe für junge Volljährige in der Pflegefamilie gewährt wird – und wenn, dann zeitlich begrenzt und höchstens für ein Jahr. Sucht ihr euch eine eigene Wohnung, so habt ihr Anspruch auf Beihilfe für die Einrichtung der Wohnung und „angemessenen Hausrat". Auch dafür muss ein Antrag beim für euch zuständigen Jugendamt gestellt werden. Zudem könnt ihr euch natürlich auch um alle anderen staatlichen Hilfen bemühen, etwa BAföG und Berufsausbildungsbeihilfe.

Beim Thema „Kindergeld" gibt es leider oft Probleme. Bislang bekamen es eure Pflegeeltern. Fortan steht es, rechtlich gesehen, wieder euren leiblichen Eltern zu. Zu euch direkt gelangt es nur, wenn ihr der Familienkasse, von der das Geld kommt, nachweisen könnt, dass eure Herkunftsfamilie unauffindbar ist. Sucht hier unbedingt die Hilfe des Jugendamts auf, um das Geld zu erhalten (sofern es euch eure leiblichen Eltern nicht geben wollen, versteht sich)! Nicht vergessen dürft ihr zudem, euch um die Versicherungen zu kümmern. Aus der Kranken- und Haftpflichtversicherung eurer Pflegeeltern fallt ihr nämlich mit dem Erwachsenenalter heraus. Mehr dazu ab Seite 187.

Für Pflegekinder ist die Situation also leider etwas schwieriger. Aber: Nicht verzagen. Versucht, die Probleme mit euren Pflegeeltern zu lösen, holt euch stets Hilfe beim Jugendamt. Außerdem findet ihr Ansprechpartner im Internet, etwa beim Arbeitskreis Pflegekinder (www.arbeitskreis-pflegekinder.de) oder unter Moses Online (www.moses-online.de).

EINEN VEREIN GRÜNDEN

Verein für ... Was nach diesen drei Punkten stehen kann, ist schnell gesagt: Alles. Verein für technische Holzfragen oder für Reinkarnation, Verein für angewandte Geometrie oder für deutsche Rassehunde, Junggesellenverein oder Verein gegen Vereine. Knapp 600.000 solcher Zusammenrottungen Gleichgesinnter gibt es in Deutschland.

Wenn ihr einen Verein für frischgebackene 18-Jährige gründen wollt, so habt ihr jetzt das notwendige Alter. Außer der Volljährigkeit bedarf es mindestens sechs weiterer „natürlicher und voll geschäftsfähiger Personen", also volljähriger Leute. Mit diesen verfasst ihr eine Satzung und somit das Grundgesetz eures Vereins, in dem Regeln und Ziele festgehalten werden. Dann ladet ihr in die nächstbeste Kaschemme zur Gründungsversammlung, bei der alle Gründungsmitglieder der Satzung zustimmen müssen und ein Vorstand gewählt wird. Der Vorstand geht dann mitsamt der Satzung und einem Protokoll der Versammlung zum

Amtsgericht und stellt dort den Antrag, ins Vereinsregister aufgenommen zu werden.

LINK

http://www.vereinsrecht.de/aufsaetze/Mustersatzung.html (Beispiel für eine Vereinssatzung)

WÄHLEN UND WÄHLEN LASSEN

Eine der wesentlichsten Neuerungen in eurem Leben: Ihr dürft jetzt wählen. Überlegt euch nicht: „Ach, meine Stimme zählt doch eh nicht!", sondern geht einfach hin. Schon allein die groteske Situation, in irgendeiner Turnhalle hinter einer kleinen Papp-Kabine zu verschwinden, um dann auf Altpapier Kreuzchen zu machen, sollte es euch wert sein. Und nicht zuletzt ist Wählen die einfachste Möglichkeit politischer Einflussnahme. Ihr könnt nun das EU-Parlament mitwählen, den Landtag, den Stadt- oder Gemeinderat und damit euren Bürgermeister. Mit Sicherheit am spannendsten: die Bundestagswahl. Mit der so genannten Erststimme wählt ihr einen Direktkandidaten aus eurem Wahlkreis, der in den Bundestag einziehen soll. Mit der Zweitstimme wählt ihr eine Partei und bestimmt somit die Stärke ihrer Fraktion im Bundestag. Die Partei mit den meisten Zweitstimmen stellt am Ende gewöhnlich auch den Kanzler.

Außer dem Recht, wählen zu gehen (aktives Wahlrecht), habt ihr jetzt auch das Recht, euch selbst wählen lassen. Das nennt sich dann „passives Wahlrecht". Na, Lust, euch als Kanzlerkandidaten aufstellen zu lassen? Das geht tatsächlich schon mit 18. Wer allerdings Bundespräsident werden möchte, muss mindestens 40 sein. Solltet ihr eine Karriere als Landrat oder Bürgermeister anstreben, so gilt es, sich erst einmal schlau zu machen. Die Kriterien sind nämlich je nach Stadt und Bundesland verschieden; manchmal muss man am Wahltag bereits 25 Jahre auf dem Buckel haben.

© Christina Sieber

Anna Lührmann

„MAN MUSS EINFLUSS NEHMEN!"

INTERVIEW MIT ANNA LÜHRMANN

Von 2002 bis 2009 saß Anna Lührmann, Jahrgang 1983, für die Grünen im Bundestag – als jüngste Abgeordnete aller Zeiten. Mit 19, direkt nach dem Abitur, hatte sie sich im hessischen Main-Taunus-Kreis zur Wahl stellen lassen. Über ihren Sieg war sie damals selbst überrascht, und schnell gehörten Haushaltssitzungen und Debatten über Europapolitik zu ihrem Tagesgeschäft. Nebenbei studierte sie auch noch Politik und Organisation an einer Fernuniversität.
Engagiert war Anna schon immer: als Schülersprecherin, bei Greenpeace, bei der Grünen Jugend. Inzwischen ist sie verheiratet und hat eine Tochter.

Wie war es so als Nesthäkchen im Bundestag?
Am Anfang war es aufregend. Aber ich habe mir politische Ziele gesetzt und daran gearbeitet. Ich bin dann schnell ernstgenommen worden. Nur ab und zu kamen Sprüche von älteren Politikern, so was wie „Wer hat Ihnen das denn aufgeschrieben?". Aber das machte mir nichts aus.

Fühlst du dich erwachsener als andere in deinem Alter?
Was heißt das schon, sich erwachsen fühlen? Ich hatte schon früh einen erwachsenen Berufsalltag. Ich bin aber nicht ernster oder spießiger als andere. In meiner Freizeit mache ich ganz normale Sachen, treffe

Freunde, gehe ins Kino oder zum Sport. Und wenn ich abends mal länger weggehe, schlafe ich halt ein bisschen weniger.

Warum bist du in die Politik gegangen?
Ich will nicht nur meckern über die Dinge, die mir nicht gefallen. Ich will daran etwas ändern. Natürlich kann ich nicht alle meine Visionen umsetzen. Aber durch die Politik kann man einer gerechteren, besseren Welt näher kommen.

Kannst du verstehen, warum viele junge Leute nicht wählen gehen?
Nein, das kann ich überhaupt nicht verstehen. Wenn man seine Stimme nicht erhebt, dann verschenkt man sie. Man muss doch etwas sagen, man muss Einfluss nehmen.

Andere Politiker leben abgeschottet und lassen sich von Leibwächtern bewachen. Du hast als Abgeordnete in einer WG gelebt.
Das war für mich selbstverständlich. Ich fühle mich am wohlsten zusammen mit meinen Freunden. Mir war klar, dass ich auch in Berlin so leben will.

EINE PARTEI GRÜNDEN

Irgendwie nervt er, dieser ewige Hickhack der etablierten Parteien. Eine Partei gründen müsste man das dürft ihr jetzt auch. Voraussetzung für Parteigründer: die deutsche Staatsbürgerschaft. Auch die Mehrheit des Vorstands und der Parteibasis muss einen deutschen Pass besitzen. Mindestens 400 Mitglieder braucht ihr übrigens, um als Partei anerkannt zu werden. Wichtig, um bei Bundestagswahlen antreten zu können: Die Mitglieder müssen über ganz Deutschland verteilt sein, denn dafür braucht es Landesverbände und Landeslisten.

Unter **www.bundeswahlleiter.de** findet ihr heraus, wer gerade ***Bundeswahlleiter*** ist. Bei ihm müsst ihr vorsprechen und die Liste der Landesverbände sowie ein Programm, eine Satzung und ein Gründungsprotokoll einreichen.

Der letzte Schritt: Der Bundeswahlausschuss muss prüfen, ob eure Partei zulässig ist. Dabei kommt es darauf an, dass die mindestens 400 Mitglieder ordentlich auf sich aufmerksam machen, denn um anerkannt zu werden, muss jede Landesliste von einem Tausendstel der wahlberechtigten Bevölkerung mit einer Unterschrift unterstützt werden (das sind zum Beispiel in Bayern etwa 2.000 Unterschriften). Also: Plakate kleben, öffentliche Kundgebungen veranstalten, und dann das Land verändern!

Zu mühsam? Dann fangt vielleicht doch im örtlichen Jugendverband einer der „alten" Parteien an. Die können Frischluft auch gebrauchen.

LINK

www.bundeswahlleiter.de (Übersicht über alle Wahlleiter im Lande)

STRAFMÜNDIGKEIT

Kinder unter 14 gelten als „strafunmündig". Die Playstation 3 zu klauen, bleibt für sie also folgenlos; mal abgesehen von dem Theater, das die Eltern machen werden. Die rechtliche Situation ändert sich ab dem

14. Geburtstag. Dann gilt das Jugendstrafrecht, das im Falle von kriminellen Handlungen zwar Strafen vorsieht; die allerdings fallen noch nicht so hart aus wie im allgemeinen (Erwachsenen-) Strafrecht. Der Gedanke dahinter: Jugendliche befinden sich noch in einer Orientierungsphase, da können eher Ausrutscher passieren.

Bis zum 21. Geburtstag geltet ihr 18-Jährigen juristisch als „Heranwachsende". Begeht ihr eine Straftat, so kann nach Ermessen des Gerichts auf euch noch das Jugendstrafrecht angewandt werden: Dabei wird abgewogen, wie reif ihr zur Tatzeit wart und ob es sich um eine „jugendtypische" Straftat handelt, wie etwa kleinere Diebstähle oder graffiti-besprühte Wandflächen.

ERBEN

Erben kann man schon, bevor man überhaupt geboren ist: Stirbt der Urgroßvater, der seine Urenkel großzügig bedacht hat, so ist auch der Urenkel ein Erbe, der es sich gerade erst in Mutters Bauch gemütlich gemacht hat. Bis zum 18. Geburtstag waren allerdings eure Eltern mit eurer Vermögensverwaltung betraut; jetzt aber könnt ihr frei über das Erbe verfügen. Na? Warten da vielleicht noch ein paar Tausender auf euch?

LINK

www.dvev.de (Internetseite der Deutschen Vereinigung für Erbrecht und Vermögensnachfolge e.V. mit vielen interessanten Beispielfällen)

VERERBEN

Ihr wollt, dass eure CD-Sammlung im Todesfall auch wirklich an den Richtigen weitergegeben wird? Die Testierfähigkeit, also die Fähigkeit, ein Testament zu verfassen, beginnt schon mit dem 16. Lebensjahr. Allerdings: Bis zum 18. Geburtstag muss der Jugendliche ein Testament von einem Notar aufsetzen bzw. beglaubigen lassen. Und das kostet. Ihr als

18-Jährige könnt euer Testament jetzt gemütlich bei Tee, Kerzenschein und Klaviermusik zu Hause verfassen. Datum, Ort sowie die komplette Unterschrift müssen unbedingt auf dem Testament vorhanden sein, den Regelungen des Erbrechts darf nicht widersprochen werden. Ihr müsst euren letzten Willen komplett handschriftlich verfassen, nicht per PC, so dass eindeutig ist, dass ihr ihn selbst aufgesetzt habt. Übrigens: Nur ein Drittel aller selbst verfassten Testamente ist gültig, bei den anderen haben sich Fehler eingeschlichen. Mal tauchen komischerweise weitere Testamente auf oder die Echtheit kann nicht nachgewiesen werden. Handelt es sich um ein größeres Vermögen, das vererbt werden soll, geht lieber auf Nummer sicher! Ohnehin hättet ihr dann ja auch genügend Geld für einen Notar, der das Testament vor Anfechtungen sichert.

LINK

www.testament-verfassen.de (Mustertestamente und alles Wissenswerte)

SORGERECHT

Mädchen, die ein Kind bekommen, bevor sie volljährig sind, haben noch nicht das Sorgerecht für ihr Kind. Ist auch der Vater noch nicht erwachsen, wird das Sorgerecht zunächst auf eine volljährige und voll geschäftsfähige Person übertragen; das ist dann häufig die Mutter oder der Vater der minderjährigen Mutter. Unter Umständen übernimmt auch das Jugendamt die Vormundschaft über das Kind. Mit dem Ende der eigenen Minderjährigkeit ändert sich das: Dann wird das Sorgerecht für das Kind auf die nun 18-jährige Mutter übertragen.

Tipp

Für junge Frauen, die in einer gesetzlichen Krankenkasse versichert sind, ist die Pille bis zum Ende des 20. Lebensjahres kostenlos! Lediglich die Rezeptgebühr wird dann in der Apotheke fällig. Die Kostenübernahme ist beim „Sozialmedizinischen Dienst" des jeweiligen Ortes zu beantragen. Stellt euch auf ein umständliches Prozedere ein, denn der Dienst muss jedes Pillenrezept abstempeln, bevor ihr es einlösen könnt. Mitunter können Beratungsstellen wie „Pro Familia" Ansprechpartner sein, die bei Fragen zur kostenlosen Verhütung weiterhelfen.

Gregor Schnitzler

„WIR WAREN SCHON MIT 14 IN DEN CLUBS"

INTERVIEW MIT GREGOR SCHNITZLER

Zum Film fand Regisseur Gregor Schnitzler, Jahrgang 1964, schon während seines Studiums an der Universität der Künste in Berlin. Zunächst arbeitete er als Fotograf, mit 26 drehte er seine ersten Musikvideos und Werbespots. Er war Kameramann, Darsteller und saß im Schnittraum; als Regisseur war er für mehrere Fernsehserien verantwortlich. Der Durchbruch in den Kinos gelang ihm mit der Verfilmung von Benjamin von Stuckrad-Barres Kultroman „Soloalbum". Auch sein Kinofilm „Die Wolke" war ein Erfolg. Darin erzählte er die Liebesgeschichte der 16-jährigen Hannah und des 18-jährigen Elmar vor dem Hintergrund einer Kernreaktor-Katastrophe.

Bist du im Kino schon mal nach deinem Personalausweis gefragt worden, weil der Film erst ab 18 war?
Ja, das war bei „Der weiße Hai" und bei „Taxi Driver".

Das Verbotene reizt oft besonders. Findest du es überhaupt sinnvoll, dass Filme eine Altersbeschränkung haben?
Eine Einschätzung finde ich schon wichtig. Es gibt ja bestimmte Filme, bei denen ich auch denke: „Wow, das ist irgendwie zu hart." Auf der anderen Seite ist es sicherlich auch so, dass diejenigen, die einen Film unbedingt sehen wollen, ihn auch sehen werden. Aber manchmal gibt es

wirklich Sachen, bei denen man sich fragt, ob man das einem Zwölfjährigen zumuten kann. Die Frage ist, ob der schon bereit ist, das aufzunehmen und differenziert zu sehen.

Was waren mit 18 deine Lieblingsfilme?
„Blade Runner" war einer meiner absoluten Lieblingsfilme.

Gab es etwas, das du sofort gemacht hast, weil es mit 18 erlaubt war?
Ich hab sehr schnell den Führerschein gemacht, weil ich unbedingt Auto fahren wollte. Alles andere habe ich schon vorher gemacht. Ich bin ja in Berlin aufgewachsen, da durftest du in Clubs zwar auch erst mit 16 oder 18 gehen, wir waren da aber schon mit 14. Beschränkungen gab es eigentlich nicht. Das Einzige, das man wirklich erst mit 18 machen durfte, war Wählen und Autofahren. Den Thrill des Verbotenen gab es eigentlich gar nicht.

Haben dich die Altersbegrenzungen für Filme bei der Arbeit als Regisseur jemals eingeschränkt?
Die Filme, die ich bis jetzt gemacht habe, sind Gott sei Dank nicht eingeschränkt worden. Da konnte ich alles so machen, wie ich es wollte.

Einen Gedanken

AN SPÄTER VERSCHWENDEN

DIE FOLGEN

(*radkappengroßer*)

OHREN

Das Alter birgt Paradoxe. Bei den meisten Menschen, vor allem Männern, wachsen diverse Körperteile jenseits der 70 zusehends, sie ergeben sich der Schwerkraft. Die Ohren werden groß wie Radkappen, Lippen blähen sich auf zu beträchtlichen Schläuchen, und die Nase bleibt auch nicht gerade dezent. Es ist Wachstum festzustellen. Das Paradoxon wird deutlich, verweist man auf die Tatsache, dass der Rentner selbst ja schrumpft. Die Gesicht-Körper-Relation gerät also völlig aus den Fugen, der Rentner wird zu einem wandelnden Ohren-Lippen-Nasen-Komplex. Was geschehen wird, liegt auf der Hand: Dauernd bleibt der Rentner an irgendetwas Teurem hängen und schmeißt es um. Kann er nichts dagegen machen, so ist das nun mal im Alter.

Mit 18 scheint das alles verdammt weit weg. „Meine Ohren bleiben wie sie sind" und „Ich bin anders als der Rest" sind häufig geäußerte Ansichten, doch sie sind fehl am Platz. Denn jeder wird alt und bleibt dann an teuren Gegenständen hängen. Das Gebot der Stunde muss also heißen: „Ich geh kein Risiko ein, ich versichere mich." Richtig so, denn nur die Schwachen und Dummen rennen sehenden Auges auf ihren finanziellen Exitus zu. Die Klugen sichern sich ab, gegen alles, was auf der Welt so passieren kann: Fremde Finger abhacken. Den eigenen Finger abhacken. Von irgendeinem streitsüchtigen Deppen verklagt werden. Jemanden verklagen, einfach weil's Spaß macht. Hängenbleiben. Tod. Für alle Fälle gibt es Versicherungen, und das ist gut so.

Berufsunfähigkeit ist eine der Katastrophen, gegen die man sich absichern kann. Gut, mag einer da sagen, wenn man berufsunfähig ist, warum wird man dann nicht einfach Polizist oder Ethik-Lehrerin? Wohl wahr, aber viele trifft die Berufsunfähigkeit ja mitten im Leben: Der Buchbinder kriegt eine Druckerschwärze-Allergie, und der Stewardess wird auf einmal beim Fliegen immer schlecht, und sie bricht den Passagieren dauernd in den Schoß. Geht so nicht; deshalb sind beide froh, dass sie sich damals, mit 18, gegen die Unfähigkeiten versichert haben. Beide können nicht mehr arbeiten, werden trotzdem gut bezahlt und gucken „Germany's-Next-Topmodel"-Wiederholungen, den ganzen Tag.

Eine andere Versicherung hatte die arme Stewardess damals aber nicht abgeschlossen. Das führt dazu, dass sie die Reinigung des dreckigen fremden Hemdes selbst bezahlen muss und sich nun ärgert, dass sie eine andere Versicherung damals, mit 18, verschmähte – die Privathaftpflicht. Auch wenn man nicht alles „vollbricht" oder fremder Menschen Eigentum sonstwie im Wert mindert, ist solch eine Haftpflicht sinnvoll. Lallenden Freunden, die einem auf ihrer eigenen Party mit glasigen Augen mitteilen, dass sie „Uups, Wein in den Laptop geschüttet" haben, kann man die freundschaftsfördernde Antwort „Sach einfach, ich war's, hab doch 'ne Haftpflicht, und jetzt hör auf zu heulen, alter Beutel!" geben. Viele furchteinflößende Studentenpartys und gefestigte zwischenmenschliche Beziehungen sind einzig und allein auf die Existenz von Haftpflichtversicherungen zurückzuführen!

Sich vor Augen zu führen, welche Justiz-Orgien eine Rechtsschutzversicherung ermöglicht, verdeutlicht die Befriedigung, die Versicherungen verschaffen können. „Geil, ich will sie alle!" bleibt da nur noch erregt zu stottern. Oder aber die Alternative in Betracht zu ziehen, all das Geld in Bausparverträge und Sparkassen-Fonds zu investieren. Ist halt eine Grundsatzentscheidung, nicht weniger. Will man zu der grölenden Masse gehören, die Weinglas schwenkend und Laptops schmeißend auf der Sonnenseite und mit Versicherungen ausgerüstet durchs Leben poltert? Oder aber zu den Eingeschüchterten, die bis an die Grenze der Selbstverleugnung gehen und ohne Schutz gegen jegliche Unbill des Lebens auskommen müssen, aber dafür das eigene Haus schon fast gebaut haben?

Nur die ganz Krassen vereinen beide Fraktionen und brechen den ganzen Tag in ihr eigenes Haus und auf den Laptop. Nichts kann ihnen passieren, mit wehenden Fahnen rennen diese Könige der Lust durch den Alltag. Zu werden wie sie – und nichts anderes – muss der Traum eines jeden 18-Jährigen sein. Denn erst, wenn nichts mehr passieren kann, hat das wahre Leben begonnen.

MIT NETZ UND DOPPELTEM BODEN:

Versiche-rungen

Ja, es ist eine Qual. Versicherungsverträge sind unvergleichlich unsexy, und die dazugehörigen Berater wenig spannender als die euch bekannten Berufsberaterinnen im BIZ. Aber es muss sein. Der kleine Trost: Ihr braucht nicht jedes Plus-24-ExtraYoung-KombiSafe-Zusatzbonuspaket, das ihr in den Prospekten und auf den Webseiten der Versicherer findet. Welche Versicherungen für euch unverzichtbar, welche empfehlenswert und welche nicht ganz so dringend sind, erfahrt ihr deshalb auf den nächsten Seiten.

Vielleicht tut euch das Geld weh, das die Versicherungen jedes Jahr haben wollen. Man könnte es so schön in Urlaube stecken, oder, wenn schon vernünftig, für später zurücklegen. Aber das Geld ist gut investiert. Das Prinzip ist ganz einfach: Zuerst gegen Risiken und Schicksalsschläge wappnen und dann die Millionen verdienen und anlegen.

Übrigens: Die im Folgenden genannten Beitragssätze, Einkommensgrenzen etc. können sich ändern – und tun das auch regelmäßig. Informiert euch deshalb bei Bedarf im Internet oder den Medien über die aktuellen Zahlen.

DIE GESETZLICHEN SOZIALVERSICHERUNGEN

Fünf Versicherungen sind in dem Monster namens „Sozialversicherung" zusammengefasst: Die Kranken-, Pflege-, Renten-, Unfall- und die Arbeitslosenversicherung. Mitglied wird man ganz automatisch, sobald man einen sozialversicherungspflichtigen Job annimmt – dann seid ihr „pflichtversichert". Nicht sozialversicherungspflichtig sind zum Beispiel die „geringfügigen Beschäftigungen", bei denen man bis zu 400 Euro verdienen darf.

Ebenfalls pflichtversichert sind nicht erwerbstätige Ehepartner und Kinder (sie sind dann ohne eigene Beitragszahlung „familienversichert"), Studenten und Rentner sowie Arbeitslose. Selbstständige und Leute, die mehr als 49.950 Euro im Jahr verdienen (und das auch schon seit mindestens drei Jahren), dürfen sich mit Einschränkungen freiwillig in der Sozialversicherung oder auch privat versichern. Die Sozialversicherungsbeiträge teilen sich Arbeitnehmer und Arbeitgeber. Die Zahlungen zur Unfallversicherung tragen Arbeitgeber sogar zu 100 Prozent.

Die gesetzliche Krankenversicherung

Bis zu eurem 25. Lebensjahr – gegebenenfalls verlängert um die Dauer des Wehr- oder Zivildienstes – könnt ihr entweder bei eurer Mutter oder bei eurem Vater beitragsfrei mitversichert sein (Familienversicherung). Selbst versichern müsst ihr euch aber, wenn ihr verheiratet seid, eine Ausbildung macht oder euer Einkommen bestimmte Grenzen überschreitet. Bei Auszubildenden mit einem Lohn bis zu 325 Euro im Monat trägt allerdings der Arbeitgeber die Beiträge vollständig. Für Studenten über 25 gibt es einen Studententarif von etwa 55 Euro, der bei allen Krankenkassen gleich ist. Ihr könnt ihn bis zum 30. Lebensjahr bzw. bis zum 14. Fachsemester nutzen.

Wer arbeitet und kein Student mehr ist, muss sich selbst in der gesetzlichen Krankenversicherung versichern. Die Beiträge unterscheiden sich von Kasse zu Kasse, hier lohnt sich ein Vergleich! Wer beispielsweise nur 12 statt 14 Prozent zahlt, spart im Laufe des Berufslebens eine Menge.

KURZ & KNAPP

Der Unterschied zwischen der gesetzlichen und der privaten Krankenversicherung ist folgender: Die gesetzlichen Sozialversicherungen funktionieren nach dem Solidarprinzip. Die nicht vom jeweils versicherten Unheil betroffene Mehrheit der Mitglieder unterstützt die wenigen Betroffenen. So ist es auch bei der gesetzlichen Krankenversicherung. Mit geringen Unterschieden je nach Versicherungsgesellschaft sind die Leistungen für jeden gleich, abhängig von Einkommen und Kasse bezahlt man aber unterschiedlich viel. Das Solidarprinzip ermöglicht zum Beispiel, dass Kinder bis 25 bei den Eltern mitversichert sind, ohne zusätzliche Beiträge zu zahlen. Bei privaten Krankenversicherungen dagegen sind die Beiträge vom Alter, Gesundheitszustand und anderen Merkmalen abhängig. Außerdem kann man wählen, welchen Schutz und welche medizinische Behandlung man haben möchte. Privat Versicherte liegen deshalb im Krankenhaus oft im Einzelzimmer. Partner und Kinder können nicht beitragsfrei mitversichert werden, weshalb sich die private Krankenversicherung für junge Alleinstehende zwar oft, für Familien aber gewöhnlich nicht mehr lohnt. Der Weg zurück in die gesetzliche Krankenversicherung ist dann in der Regel versperrt.

Bei schweren Krankheitsfällen im Ausland und bei sehr exotischen Reisezielen reicht der Auslandskrankenschein eurer normalen Krankenkasse nicht. Für solche Fälle braucht ihr eine spezielle Auslandskrankenversicherung. Mehr dazu steht auf Seite 77.

KURZ & KNAPP

Kaum zu glauben, aber es ist tatsächlich möglich, auf Dauer aus der gesetzlichen Krankenversicherung rauszufliegen. Dann muss jede Spritze und jede Krone selbst bezahlt werden. Und die Notaufnahme auch. Wie kann das passieren? Zum Beispiel: Wer seiner gesetzlichen Krankenkasse zwei Monatsbeiträge schuldet, verliert – nach Mahnung – den Versicherungschutz. Eine besondere Falle stellt sich Studenten, die wegen ihres Alters automatisch aus der Familienversicherung herausfallen. Wenn sie sich nicht innerhalb von drei Monaten selbst versichern, sind sie ebenfalls „draußen". Versicherungsverlust passiert auch immer wieder Leuten, die längere Zeit im Ausland waren und sich bei ihrer Rückkehr nicht rechtzeitig wieder bei der Versicherung melden. Der Weg zurück führt in solchen Fällen nur über die Versicherungspflicht. Man braucht also einen sozialversicherungspflichtigen Job – und muss diesen auch mindestens ein Jahr lang ausüben!

Die gesetzliche Pflegeversicherung

Sie unterstützt euch, wenn ihr pflegebedürftig werdet. Das ist meistens erst im Alter der Fall – wenn ihr nur für kurze Zeit Pflege benötigt, weil ihr etwa einen Sportunfall hattet, greift diese Versicherung nicht. Die Pflegeversicherung ist, wie die Krankenversicherung, eine Pflichtversicherung: Wer dort Mitglied ist, ist es zugleich auch hier. Es gelten dieselben Regeln für die Familienversicherung. Der Beitragssatz beträgt 2,2 Prozent vom Bruttoeinkommen für Kinderlose und 1,95 Prozent für Mütter und Väter. Studenten zahlen auch hier einen ermäßigten, festen Betrag: 9,98 Euro bis zum 23. Lebensjahr.

Die gesetzliche Rentenversicherung

Die gute alte Rente: Die Bundesversicherungsanstalt zahlt am Ende eines langen Berufslebens jeden Monat eine kleine Summe zum Leben und für die paar Euro („Kauf dir ein Eis!"), die den Enkeln zugesteckt werden. So war das früher. So ist es theoretisch auch heute noch, aber das Solidarprinzip stößt besonders bei der Rentenversicherung an seine Grenzen. Die Rente reicht selbst bei optimalem Versicherungsverlauf nicht mehr als einzige Einkommensquelle im Alter. Ihr wisst es wahrscheinlich aus dem Sozialkundeunterricht: Die Menschen im Land werden immer älter und kriegen nicht besonders viele Kinder. Längere Ausbildungszeiten und hohe Arbeitslosenzahlen kommen hinzu. Darum reichen die Beiträge, die eingezahlt werden, nicht mehr so locker für die Renten, die ausgezahlt werden. Ihr solltet euch darum nicht darauf verlassen, später von eurer gesetzlichen Rente leben zu können, sondern zusätzlich privat ein Vermögen anhäufen – mehr dazu ab Seite 203.

Der Beitrag zur Rentenversicherung, von dem wiederum der Arbeitgeber die Hälfte schultert, beträgt 19,9 Prozent vom Bruttoeinkommen. Die Höhe der späteren Rente richtet sich entscheidend danach, wie viele Jahre und in welcher Höhe ihr Beiträge gezahlt habt. Wer lange gearbeitet, gut verdient und damit viel eingezahlt hat, darf auch mehr erwarten. Minderjährige Kinder und Ehepartner bekommen aus der Rentenversicherung eine Hinterbliebenenrente, wenn der Versicherte stirbt. Eigenes Einkommen der Hinterbliebenen wird allerdings abgezogen.

Die Rentenversicherung zahlt auch bei Erwerbsunfähigkeit. Diese Erwerbsminderungsrente beträgt aber im Durchschnitt nur ein Drittel des letzten Einkommens – und das auch nur bei „voller Erwerbsminderung", wenn man nicht mehr als drei Stunden am Tag arbeiten kann. Schafft man bis zu sechs Stunden, ist man nur teilweise erwerbsgemindert und erhält nur rund 17 Prozent des letzten Gehalts. Voraussetzung ist außerdem, dass man fünf Jahre lang sozialversicherungspflichtig gearbeitet, also Beiträge gezahlt hat. Aus diesen Gründen ist eine private Versicherung gegen Berufsunfähigkeit dringend zu empfehlen. Mehr dazu auf Seite 194.

Die gesetzliche Unfallversicherung

Sie hilft euch bei Arbeitsunfällen und Berufskrankheiten. Träger der Unfallversicherung sind die Berufsgenossenschaften, die Beiträge zahlt euer Arbeitgeber zu 100 Prozent. Aus diesem Grund habt ihr mit der Unfallversicherung normalerweise nicht so viel zu tun wie mit den anderen Sozialversicherungen. Solltet ihr zum Beispiel einen Unfall auf dem Weg zu eurem Arbeitsplatz haben, müsst ihr das aber sofort dem Arbeitgeber melden. Er kümmert sich dann um die Meldung bei der Versicherung. Das gilt auch für Unfälle auf dem Weg zur Ausbildungsstelle oder zur Hochschule. Wer sich auch gegen Unfälle im Haus oder in der Freizeit absichern will, braucht eine private Berufsunfähigkeits- oder Unfallversicherung.

Die gesetzliche Arbeitslosenversicherung

Jeder Angestellte zahlt Beiträge in die Arbeitslosenversicherung ein und erwirbt damit nach einiger Zeit einen Anspruch auf Arbeitslosengeld, sollte er selbst seinen Job verlieren. Für diesen Anspruch muss man in den zwei Jahren vor der Arbeitslosigkeit mindestens 360 Tage lang in einem versicherungspflichtigen Arbeitsverhältnis gestanden, sprich: Beiträge eingezahlt haben. Das ist die so genannte Anwartschaft. Dazu zählt seit Februar 2006 auch die Zeit des Wehr- oder Zivildienstes. Die Beiträge schmälern aber nicht euren Sold, sondern werden komplett vom Bundesamt für Zivildienst übernommen.

Selbstständige können freiwillig in die Arbeitslosenversicherung einzahlen, sie zahlen dann einen pauschalen Beitrag in Höhe von knapp 18 Euro im Monat. Für alle anderen beträgt der Beitragssatz etwa 3 Prozent vom Bruttolohn. Das aus der Arbeitslosenversicherung finanzierte Arbeitslosengeld (ALG I) wird für maximal zwölf Monate, bei Arbeitslosen ab 55 Jahren für maximal 18 Monate gewährt. Das Arbeitslosengeld II wird dagegen nicht aus der Versicherung, sondern aus Steuern gezahlt.

DIE PRIVATE RENTENVERSICHERUNG

Sie funktioniert ganz ähnlich wie eine Kapitallebensversicherung. Ihr zahlt eine bestimmte Zeit lang jeden Monat einen festen Betrag ein und bekommt dafür später eine monatliche Rente – bis ans Lebensende. Wenn ihr lange lebt, hat sich das Geschäft für euch gelohnt. Andernfalls macht die Versicherung Gewinn, der die Renten anderer Versicherter finanziert. In der Regel bekommt ihr eine garantierte Mindestverzinsung von 2,75 Prozent.

DIE PRIVATHAFTPFLICHT

Damals, als ihr euch mit eurem hässlichen Schulranzen auf die Motorhaube des Nachbarn gesetzt habt, hafteten eure Eltern für den Schaden – zum Glück hat ihre Haftpflichtversicherung das Ausbessern der Kratzer bezahlt. Jetzt haftet ihr, da volljährig, für alle Schäden, die ihr fahrlässig oder vorsätzlich anrichtet. Bis zum Ende der Ausbildung bzw. bis 25 können Azubis und Studenten aber noch über den Vertrag der Eltern mitversichert bleiben. Wenn Auszubildende schon einmal berufstätig waren oder verheiratet sind, geht das allerdings nicht mehr. Studenten mit Hauptwohnsitz in einer anderen Stadt sollten prüfen, ob sie noch bei den Eltern mitversichert sind und sich gegebenenfalls einen eigenen Vertrag zulegen (zum Thema Hauptwohnsitz siehe Seite 28). Die eigene private Haftpflichtversicherung ist zwar freiwillig, schafft aber ein gutes

Gefühl. Denn sie zahlt nicht nur die Brille eurer Freundin, auf die ihr versehentlich euren Hintern platziert habt, sondern auch nach einem Unfall, den ihr verursacht habt. Werden andere nach so einem Unfall invalide, müsst ihr ihnen lebenslang eine Rente zahlen – in schweren Fällen kommen schnell Millionen zusammen. Die Mindestsumme, die eine Haftpflicht abdecken sollte, liegt darum bei 3 Millionen Euro. Einen Vertrag bekommt ihr schon für um die 50 Euro im Jahr. Wenn ihr mit Freundin oder Freund zusammenzieht, reicht übrigens eine gemeinsame Haftpflichtversicherung, auch wenn ihr nicht verheiratet seid. Es sollten dann aber beide im Vertrag stehen.

Tipp

Wenn möglich, wählt Versicherungen mit Vertragslaufzeiten von einem Jahr. Die verlängern sich automatisch, so dass ihr keinen Finger rühren müsst, so lange ihr zufrieden seid. Ihr könnt aber drei Monate vor Ablauf kündigen und gegebenenfalls zu einem besseren Anbieter wechseln. Kündigungen immer per Einschreiben schicken! Ein Recht auf außergewöhnliche Kündigung habt ihr übrigens nach Schadensfällen und Beitragserhöhungen.

DIE BERUFSUNFÄHIGKEITS-VERSICHERUNG

Die Berufsunfähigkeitsversicherung (kurz: BUV) zahlt euch eine Rente, wenn ihr im Laufe eures Berufslebens ganz oder teilweise arbeitsunfähig werden solltet. Sie soll die Zeit überbrücken, bis die gesetzliche Altersrente einsetzt. Weil heute etwa jeder vierte Arbeitnehmer vor dem Rentenalter berufsunfähig wird, ist die BUV eine der wichtigsten Versicherungen weit und breit. Und wohl zugleich die am meisten unterschätzte. Wer in eurem Alter eine hat, der ist ein Exot. Dabei ist jetzt der beste Zeitpunkt, um eine BUV abzuschließen. Denn: Je jünger und gesünder ihr seid, desto geringer sind die zu zahlenden Beiträge. Wenn ihr erst mit 30 oder 35 einsteigt und schon hier ein Wehwehchen und dort ein Zipperlein zu beklagen habt, müsst ihr deutlich mehr berappen. Nochmal drauflegen müsst ihr, wenn ihr euch einen Beruf ausgesucht habt, den die Versicherungsgesellschaften als risikoreich einstufen. Darin stimmen sie übrigens verblüffend oft mit elterlichen Einschätzungen überein. Schreibtischtäter kommen recht gut weg, Footballtrainer und Punkgitarristen haben es dagegen nicht so leicht – und auch Schornsteinfeger sind in diesem Fall ausnahmsweise glücklos.

Manchmal werden auch die Krankheiten, die sich bereits bemerkbar gemacht haben, als Schadensfall ausgeschlossen, oder man wird nur bis zum 55. Lebensjahr versichert. Wenn dann mit 56 der Rücken knirscht, dann darf man sich mal so richtig ärgern. Im schlimmsten Fall können einen die Versicherer sogar ganz ablehnen und man sitzt ohne BUV da. Wenn alles glatt läuft bis zum Rentenalter, ist das natürlich kein Problem. Taucht aber eine Krankheit auf, die das Weiterarbeiten einschränkt, wird es brenzlig. Am häufigsten sind Rücken- oder Gelenkprobleme und psychische Erkrankungen. Der Staat zahlt nur etwas, wenn man praktisch gar nicht mehr arbeiten kann. Und auch dann nur wenig. Kurzum: Eine Berufsunfähigkeit kann schnell den finanziellen Ruin bedeuten. Wenn eure Eltern also nicht gerade eine Villa auf Malle und noch eine auf Sylt haben, dann braucht ihr so eine Berufsunfähigkeitsversicherung. Unbedingt.

BUV: Am besten pur

Sehr häufig werden Berufsunfähigkeitsversicherungen im Bündel mit Kapitalanlagen oder Risikolebensversicherungen (mehr dazu ab Seite 198) angeboten. Die BUV heißt dann BUZ (Berufsunfähigkeitszusatzversicherung). Das ist für euch aber selten ein guter Deal. Denn wer noch keine Familie zu versorgen hat, der braucht erstmal keine Risikolebensversicherung. Und Geldexperten raten, Vorsorge und Anlage zu trennen. Außerdem: Wenn ihr beides trennt, könnt ihr euch für jede Versicherung den besten Anbieter raussuchen – sonst kauft ihr unter Umständen eine gute BUV zusammen mit einer schlechten Lebensversicherung oder umgekehrt. Besser ist es also, wenn ihr eine reine BUV abschließt. Auch dafür gibt es noch so viele Angebote zu vergleichen, dass es einem den Tag versauen kann. Es lohnt sich aber: Eine Beitragsersparnis von mehreren hundert Euro im Jahr kann durchaus vorkommen!

Darauf müsst ihr achten

Besonders im Falle der BUV ist das günstigste Angebot nicht unbedingt auch das Beste. Viel wichtiger sind gute Versicherungsbedingungen. Folgende Punkte solltet ihr dabei besonders beachten – und wenn nötig, lieber ein paar Euro mehr bei der Konkurrenz zahlen:

➔ Eure Versicherung sollte eine so genannte Nachversicherungsgarantie enthalten. Das bedeutet, dass ihr die gewünschte Rente, die ihr im Falle der Berufsunfähigkeit erhaltet, später gegen Beitragszuschlag erhöhen könnt, wenn sich eure Lebensumstände deutlich verändern. Wer ein Kind bekommt, hat schließlich höhere Kosten als zuvor. So müsst ihr nicht schon mit eurem klammen Azubigehalt eine spätere Rente von 2000 Euro finanzieren, sondern könnt die Summe jeweils eurer Lebenssituation anpassen. Das Gute an der Nachversicherungsgarantie ist, dass die Anpassung der Rente ohne erneuten Gesundheitscheck möglich ist.

➔ Will die Versicherungsgesellschaft eine bestimmte Krankheit als Schadensfall ausschließen, weil ihr „vorbelastet" seid, lasst euch darauf möglichst nicht ein. Und schon gar nicht, wenn solche Ausschlüsse im Vertrag ganz allgemein formuliert sind („Allergie").

➔ Die Versicherung sollte auch unbedingt auf die so genannte abstrakte Verweisung verzichten. Tut sie das nicht, darf sie nämlich im Falle einer teilweisen Berufsunfähigkeit die Zahlungen mit dem Argument verweigern, ihr könntet ja in einen anderen Beruf wechseln. Da müsstet ihr dann aber erstmal einen Job finden. Das wird durch eine wie auch immer geartete gesundheitliche Beeinträchtigung ganz bestimmt nicht leichter.

➔ Die Versicherungsgesellschaften lassen eure Beiträge am Kapitalmarkt arbeiten. Sie unterscheiden sich darin, was sie mit den erwirtschafteten Überschüssen anstellen. Es gibt drei gängige Varianten: Bonussystem, verzinsliche Ansammlung und Beitragsverrechnung. Beim Bonussystem werden die Überschüsse weiter angelegt und erhöhen dann gegebenenfalls eure Rente. Je später die eventuelle Berufsunfähigkeit kommt, desto höher ist darum die Rente. Bei der verzinslichen Ansammlung wird bei Vertragsende eine Gesamtsumme ausgezahlt. Beide Varianten sind schlecht zu kalkulieren, denn man weiß nicht, was am Ende dabei herauskommt. Besser ist die Beitragsverrechnung. Hier wisst ihr genau, wie hoch eure Rente im Falle des Falles sein wird. Die Überschüsse werden euch jährlich gutgeschrieben und mit euren Beiträgen verrechnet. Wenn die Versicherung also clever gewirtschaftet hat, kann das eure Beiträge spürbar senken.

➔ Manche Versicherer werben mit Beitragsrückgewähr. Das klingt verlockend, denn der Gedanke, dass bei bleibender Gesundheit die Beitragszahlungen verschwendet waren, schmerzt. Prüft solche Angebote aber sehr genau. Auch hier wird Sparen und Vorsorge verknüpft. Meist seid ihr aber ohne Beitragsrückgewähr besser bedient. Es ist wie bei der Kfz-Haftpflicht: Wenn ihr keinen Unfall baut, gehen die Beiträge ebenfalls „ins Nichts". Dennoch sind sie gut angelegt!

Tipp

Achtung: Versicherungsvermittler bekommen Provision für den Abschluss eines Vertrages. Manch einer ist deshalb etwas übereifrig und versucht, den Abschluss positiv zu beeinflussen – nicht unbedingt zu euren Gunsten! Ein gesundes Misstrauen ist da besser als blindes Vertrauen.

Der steinige Weg zum Vertrag

Mit den Online-Beitragsrechnern der Versicherungen bekommt ihr schon einen ersten Eindruck von den Kosten, die euch erwarten. Je nach Anbieter und Versicherungsbedingungen kommt ihr schnell auf mehrere hundert Euro im Jahr. Das ist eine Menge Geld, die ihr ohne Unterstützung eurer Eltern anfangs vermutlich nicht aufbringen könnt. Überzeugt sie von der Wichtigkeit eines Berufsunfähigkeitsschutzes. Wenn ihr die Beiträge dennoch nicht stemmen könnt, wartet bis zum Berufseinstieg und kümmert euch dann schnell um eine BUV.

Für ein Versicherungsangebot müsst ihr entscheiden, wie hoch die gewünschte Berufsunfähigkeitsrente sein soll. Experten raten zu 75 Prozent des aktuellen Nettoeinkommens. Da ihr noch nicht im richtigen Berufsleben stehen werdet, hilft euch diese Empfehlung wenig. Überlegt euch den Betrag also gemeinsam mit euren Eltern, die haben mehr Erfahrung in Sachen Lebenshaltungskosten. Eine Rente von circa 800 Euro im Monat solltet ihr mindestens ansetzen.

Ein verbindliches Angebot bekommt ihr erst nach einer umfangreichen Gesundheitsprüfung. Die Versicherer wollen eine ganze Menge wissen: Krankenhausaufenthalte, Arztbesuche, Medikamente. Bei guten Versicherern sollten sich die Fragen auf Krankenhausaufenthalte der letzten zehn Jahre und Arztbesuche, Unfälle, Erkrankungen und Behandlungen der letzten fünf Jahre beschränken. Achtung: Verschweigt auf keinen Fall etwas! Das rächt sich, wenn der Versicherer mit dieser Begründung später die Zahlungen verweigert. Ihr entbindet eure Ärzte gegenüber dem Versicherer von ihrer Schweigepflicht – im Zweifel kriegen sie also alles raus. Und sollte euch ein Versicherungsvermittler sagen, diese oder jene Vorerkrankung sei nicht so wichtig, besteht darauf, sie dennoch aufzunehmen!

Wenn euch ein Versicherer ein schlechtes Angebot macht oder ganz ablehnt: Nicht aufgeben, sondern weitere Angebote einholen! Durchhaltevermögen zahlt sich aus, denn die Versicherer unterscheiden sich, etwa in der Bewertung von Risiken.

Tipp

Wenn eine Berufsunfähigkeitsversicherung gar nicht zustande kommt oder zu teuer ist, kann eine Erwerbsunfähigkeitsversicherung eine Alternative sein. Sie zahlt aber nur dann, wenn ihr überhaupt nicht mehr arbeiten könnt.

LEBENSVERSICHERUNGEN

Private Lebensversicherungen können die gesetzliche Rentenversicherung ergänzen. Sie sichern im Todesfall die Hinterbliebenen ab oder zahlen am Ende des Berufslebens oder der Vertragslaufzeit – dem so genannten Erlebensfall – eine Summe oder Rente aus, die den Lebensabend finanzieren soll. Zu unterscheiden sind Risikolebensversicherungen und Kapitallebensversicherungen.

Risikolebensversicherung

Die Risikolebensversicherung sichert den Todesfall des Versicherten ab. Sie ist für euch erst ab dem Zeitpunkt sinnvoll, zu dem ihr eine Familie zu versorgen habt. Die soll mit der ausgezahlten Summe eine Zeit lang über die Runden kommen, wenn euer Einkommen wegfällt – zum

Beispiel, bis die Ausbildung der Kinder abgeschlossen ist. Wenn die Familie 20 Jahre abgesichert werden soll, multipliziert man sein Nettoeinkommen mit dem Faktor 20 und erhält so die Versicherungssumme. Wer also beispielsweise 24.000 Euro netto im Jahr hat, sollte einen Vertrag über 480.000 Euro abschließen. Das klingt immens, aber es soll ja auch für zwei Jahrzehnte reichen. Paare können übrigens gemeinsam eine Risikolebensversicherung abschließen, das ist billiger.

Kapitallebensversicherung

Das ist Familienabsicherung und eigene Altersvorsorge auf einmal. Denn diese Versicherung zahlt in jedem Fall: Bei Tod des Versicherten die volle Versicherungssumme, und im Erlebensfall wahlweise ebenfalls die komplette Summe oder eine lebenslange Rente. Klingt super, ist aber natürlich auch deutlich kostspieliger als eine reine Risikolebensversicherung. Auch hier gilt: Solange ihr keine Familie abzusichern habt, benötigt ihr diese Versicherung nicht, und getrennte Verträge für Vermögensbildung und Risikovorsorge sind sinnvoller. Hinzu kommt, dass die Versicherer nur eine niedrige Verzinsung garantieren. Die restliche Rendite ist abhängig von den erwirtschafteten Überschüssen und damit schlecht planbar. Es ist also zumindest derzeit wenig sinnvoll, eine Kapitallebensversicherung abzuschließen. Wahrscheinlich fahrt ihr mit einem reinen Geldanlage-Produkt (mehr dazu ab Seite 204) besser.

KURZ & KNAPP

So kommt ihr zu eurem Versicherungsvertrag:
Im Internet gibt es Vergleiche für jede Art von Versicherung. Sie können hilfreich sein, um sich einen ersten Eindruck zu verschaffen. Allerdings: Meist berücksichtigen diese Services nur eine Auswahl von Anbietern, so dass der für euch günstigste unter Umständen nicht dabei ist. Also verlasst euch nie auf nur eine dieser Seiten! Konkretere Berechnungen könnt ihr dann mit den Online-Beitragsrechnern der einzelnen Versicherungsgesellschaften durchführen.

Die Online-Rechner haben übrigens auch den Vorteil, dass hier nicht gleich eure persönliche Daten gespeichert werden. Die nutzen die Versicherer nämlich sehr gerne, selbst wenn zwischen euch und der Gesellschaft kein Vertrag zustande kommt.
Einige Versicherungsgesellschaften betreiben auch „Online-Filialen" (die erkennt man oft schon an der „24" im Namen) mit besonders günstigen Angeboten. Verträge könnt ihr dort gleich online abschließen und der Schriftverkehr läuft meistens auch über E-Mails. Aber lest euch auch hier penibel die Versicherungsbedingungen und das „Kleingedruckte" durch! Am besten geeignet sind die Online-Versicherungen für wenig komplexe Versicherungen wie etwa eine private Haftpflicht-, die Hausrats- oder auch die Autoversicherung. Mit den ersten Eindrücken aus dem Internet könnt ihr Unterlagen bei den Kandidaten anfordern, die euch passend erscheinen. Oder ihr wendet euch direkt an den zuständigen Vermittler in eurer Nähe. Die Adressen findet ihr auf den Webseiten der Versicherer oder im Telefonbuch. Wenn ihr zu einem Termin mit dem Versicherungsvertreter geht, eignet euch vorher möglichst viel Wissen an. Lest euch dort alle Dokumente in Ruhe durch und lasst euch alles genau erklären – und zwar so oft, bis ihr es verstanden habt. Beim ersten Termin müsst ihr noch nichts unterschreiben: Lasst euch die Unterlagen mitgeben und prüft sie noch einmal zu Hause. Und wenn ihr einen Verwandten habt, der in der Branche arbeitet oder einfach nur viel Erfahrung hat: Macht ihn zu eurem Berater!

DIE PRIVATE UNFALLVERSICHERUNG

Sie soll Unfälle im Haushalt oder in der Freizeit abdecken, ergänzt also gewissermaßen die gesetzliche Unfallversicherung. Allerdings: Wer eine Berufsunfähigkeitsversicherung abgeschlossen hat, kann sich die Unfallversicherung in der Regel sparen. Ausnahmen können gefährliche Sportarten sein, die der BUV-Vertrag unter Umständen nicht abdeckt – Hochseefischer und Paraglider nach vorn! Ansonsten gehört eine Unfallversicherung nicht zu den unbedingt notwendigen Versicherungsverträgen. Solltet ihr aber weder eine BUV noch eine Erwerbsunfähigkeitsversicherung bekommen, kann eine Unfallversicherung wenigstens einen Teil dieser Risiken abdecken. Sie ist leichter zu bekommen, weil meistens keine Gesundheitsprüfung nötig ist. Je nach Leistungsumfang bekommt ihr einen Vertrag für etwa 75 bis 150 Euro im Jahr.

RECHTSSCHUTZVERSICHERUNGEN

Rechtsschutzversicherungen sind sehr beliebt, stehen aber weit unten auf der Liste der unverzichtbaren Versicherungspolicen. Sie können sehr angenehm sein, wenn ihr zum Beispiel euren Vermieter mal in angemessener Härte auf das geltende Mietrecht hinweisen wollt. Aber die Versicherer wollen auch ordentlich Geld für diese Unterstützung. Außerdem: Vieles, was teuer werden kann – zum Beispiel eine Scheidung –, schließen die Versicherungsunternehmen von vornherein aus. Rechtsbeistand in beruflichen Angelegenheiten kann man auch als Mitglied einer Gewerkschaft oder eines Berufsverbandes bekommen – er ist im Beitrag enthalten. Und Mietrechtsschutz erhält man häufg günstiger als Mitglied eines Mietervereins. Wer nur wenig Einkommen hat, bekommt unter Umständen Prozesskostenhilfe vom Staat. Die Kombi-Pakete der Rechtsschutzversicherer sind also oft unnötig. Denkt aber, wenn ihr die anderen Risiken abgesichert habt und ein Auto besitzt, mal über eine reine Verkehrsrechtsschutzversicherung nach. Die ist bezahlbar und die Wahrscheinlichkeit, dass ihr sie als – wie man so schön sagt – Teilnehmer am Straßenverkehr einmal benötigt, ist leider nicht gering.

DIE HAUSRATVERSICHERUNG

Sie schützt euren Hausrat – also alles, was bei euch so an Möbeln und Geräten herumsteht – unter anderem gegen Einbruch, Feuer und Blitz. Kurz gesagt: Wenn ihr außer einem Billy-Regal, einer Matratze auf dem Boden und zwei Bänden Popliteratur nichts besitzt, ist eine Hausratversicherung unnötig. Sammelt ihr aber DVD-Recorder und Biedermeier-Sofas, ist sie durchaus sinnvoll. Mehr dazu findet ihr auf Seite 27.

Tipp

Da draußen warten noch viele andere Versicherungen auf euch. Wenn ihr euch ein Pferd zulegt, braucht ihr eine Tierhalterhaftpflicht-, und wenn ihr einen Picasso ersteigert, eine Kunstversicherung. Models lassen gerne mal ihr Gesicht und Pianisten ihre Finger versichern. Hier findet ihr nur die für jedermann wichtigen und häufigsten Versicherungen. Gute Quellen für weitergehende Informationen sind die Verbraucherzentralen (alle Adressen unter www.vzbv.de) und die Zeitschrift „Finanztest". Sie gehört zur Stiftung Warentest und ist damit quasi papiergewordene Neutralität. Keine Sorge, wenn ihr bei den ersten Ausgaben eure Mühe habt. Es braucht ein paar Monate, bis euch die Begriffe bekannt vorkommen. Mit der Zeit wisst ihr immer besser Bescheid. Das rechnet sich – im wahrsten Sinne des Wortes – ein Leben lang. Befasst euch mit diesen Themen, es geht hier um euer sauer verdientes Geld! Das „Finanztest"-Abo gibt's für knapp 45 Euro im Jahr.

MIT *Geduld* ZU MEHR GELD

Ihr seid gegen alle Widrigkeiten des Lebens mit Versicherungen gewappnet? Dann geht es nun daran, das süße Leben im Alter zu sichern – oder realistischer, einen gewissen Lebensstandard zu halten. Dass man sich nicht mehr auf die gesetzliche Rente allein verlassen sollte, spricht sich langsam herum. Es gilt also, zusätzlich privat vorzusorgen. Experten raten sogar dazu, 10 Prozent des Bruttoeinkommens zu sparen, um auf gleichem Niveau den Ruhestand verbringen zu können. „Auch das noch!", denkt ihr jetzt vielleicht. Nun sollt ihr mit eurem überschaubaren Einkommen aus Ausbildungsgehalt oder Nebenjoblohn und Elternunterstützung nicht nur all die Versicherungsbeiträge, Miete und das Auto bezahlen, sondern auch noch daran denken, wie ihr mit 67 über die Runden kommt? Ja! Wenigstens daran denken solltet ihr so früh wie möglich, denn wie bei Versicherungen gilt auch hier: Je früher ihr anfangt, desto mehr kommt am Ende dabei raus.

Und eine Geldanlage dient ja nicht immer nur dem Leben im Ruhestand. Auch vorher schon habt ihr sicher größere Wünsche, für die ihr das nötige Geld nicht mal eben vom Monatsgehalt abzweigen könnt. Könnt ihr dann auf angelegtes Geld zurückgreifen, ist das in jedem Fall besser, als sich in teure Kredite zu stürzen (mehr dazu auf Seite 161). Das alles soll aber nicht heißen, dass ihr euch von nun an nichts mehr zwischendurch gönnen, sondern nur noch eisern sparen und knappsen sollt. Ihr sollt schließlich auch noch so etwas wie ein Leben haben.

DAS MAGISCHE DREIECK

So sprechen Banker: Alle Formen der Geldanlage spielen sich in einem Dreieck aus Sicherheit, Rendite und Liquidität ab. Die ideale Anlage wäre eine mit möglichst geringem Risiko (Sicherheit), hohem Gewinn (Rendite) und permanenter Verfügbarkeit (Liquidität). Das funktioniert aber in der Realität leider nicht, denn diese Anforderungen schließen sich gegenseitig aus. Was Wahnsinnsgewinne einfahren soll, ist gleichzeitig hochspekulativ, also mit hohem Verlustrisiko versehen, was wir in jüngster Zeit (Stichwort „Finanzkrise") ja erlebt haben. Was ständig verfügbar sein soll, kann nicht langfristig und damit gewinnträchtig angelegt werden. Nach diesem Schema könnt ihr alle Anlageformen analysieren. Einen Überblick über die wichtigsten findet ihr auf den folgenden Seiten. Die Bezeichnungen können sich von Anbieter zu Anbieter stark unterscheiden, denn manche Bank glaubt, mit einem bemüht originellen Namen mehr Kunden zu bekommen. In diesen Fällen vergleicht einfach die Konditionen oder bittet den Kundenberater um Aufklärung.

Girokonto

Auch das stinknormale Girokonto ist bereits eine Geldanlage. Darauf gibt es aber so wenig Zinsen, dass ihr es nur für den alltäglichen Geldverkehr nutzen solltet. Das liegt am erwähnten magischen Dreieck: Weil ihr über euer Geld auf dem Girokonto ständig verfügen könnt, kann die Bank damit nicht so langfristigg arbeiten – und darum bekommt ihr keine hohen Zinsen. Mehr zum Girokonto findet ihr ab Seite 153.

Sparbuch

Auch so ein Klassiker. Mit dem guten alten Sparbuch von Eltern oder Großeltern habt ihr vielleicht zum ersten Mal erahnt, was Vermögen bedeutet. Ihr könntet bald wieder mit einem Sparbuch zu tun bekommen, wenn ihr eine eigene Wohnung mietet. Häufig wird nämlich die Kaution auf einem Sparbuch hinterlegt, das dem Vermieter ausgehändigt wird, aber auf euren Namen läuft. Die Verzinsung ist beim Sparbuch meist ein wenig besser als beim Girokonto, aber auch nicht phänomenal.

Befristete Anlagen

Auch Termineinlagen genannt. Dazu gehört das Festgeld, das eine feste Laufzeit und einen festen Zinssatz bietet, der schon spürbar höher ist als beim Standardkonto. Eine Variante davon hat zwar keine feste Laufzeit, aber eine bestimmte Kündigungsfrist. Ihr müsst also, wie beim Auszug aus einer Wohnung, eine gewisse Zeit vorher Bescheid sagen, wenn ihr an euer Geld wollt. Häufig könnt ihr aber über bis zu 2.000 Euro im Monat ohne eine solche Vorankündigung verfügen.

Grundsätzlich gilt: Je länger Laufzeit und Kündigungsfrist, desto höher die Verzinsung. Ihr wisst schon: Das magische Dreieck.

Tagesgeldkonto

Ein Tagesgeldkonto kann ein interessantes Geschäft sein, denn euer Geld ist dort täglich verfügbar und erzielt trotzdem eine höhere Rendite als auf einem normalen Girokonto. Die Zinssätze für Tagesgeldkonten können bei bis zu 5 Prozent liegen. Achtet hierbei auf die Online-Direktbanken, die meist besonders gute Konditionen anbieten.

Ratensparpläne

Eine ganz sichere, regelmäßige Form des Geldsparens. Ihr überweist – ganz nach Plan – monatlich eine feste Summe eurer Wahl auf ein Konto und bekommt darauf Zinsen sowie in regelmäßigen Abständen einen Bonus. Der Zinssatz sollte dabei fest und der Sparplan möglichst flexibel kündbar sein. Bei Ratensparplänen kommt ihr mit einem guten Angebot auf über 3 Prozent Rendite. Dafür müsst ihr aber auch einige Jahre ansparen.

Bundesschatzbriefe

Ihr könnt auch ganz feierlich beim Vaterland anlegen. Bundesschatzbriefe sind Wertpapiere des Bundes mit einer festen Laufzeit von sechs oder sieben Jahren. Der Zinssatz ist vorher bekannt und steigt über die Laufzeit an. Ab 52 Euro seid ihr dabei. Nähere Informationen, auch zu den etwas komplizierteren Bundesanleihen und Bundesobligationen, findet ihr auf der Webseite der Finanzagentur (www.deutsche-finanzagentur.de).

Aktien

Aktien sind Anteile an einem Unternehmen. Sie werden an der Börse gehandelt, indem junge Männer mit hochgekrempelten Ärmeln herumschreien und seltsam gestikulieren. Als Aktionär bekommt man am Ende eines Geschäftsjahres je Aktie eine Dividende, das ist die Beteiligung am Unternehmensgewinn. Interessanter für die Geldanlage sind aber mögliche Kursgewinne, die die Aktie an der Börse macht. Der Aktienkurs bildet sich aus Angebot und Nachfrage, von Kauf und Verkauf im täglichen Börsenhandel. Wenn ihr die Papiere mindestens ein Jahr lang behaltet, sind solche Kursgewinne steuerfrei.

Früher legten sich die Aktionäre prachtvoll gestaltete Aktien in den Tresor, heute verwaltet man sie meistens in einem virtuellen Depot bei seiner Bank. Wenn ihr das vorhabt, informiert euch über die Konditionen: Depotnutzung und Aktienhandel kosten üblicherweise Gebühren, teilweise bieten Banken das aber auch kostenlos an.

Eine Anlage in Aktien ist sehr riskant, und schnell kann das ganze Börsensystem zusammenbrechen, wie 2007 und in den Folgejahren geschehen. Ihr solltet also nur einen Teil des Geldes, das ihr langfristig entbehren könnt, in Aktien stecken. Sonst müsst ihr eventuell hohe Verluste hinnehmen, wenn mal Ebbe auf dem Konto ist und ihr Aktien verkaufen müsst, während sie gerade einen sehr niedrigen Kurs verzeichnen. Auf lange Sicht – und damit sind eher 40 als zehn Jahre gemeint – bringen Aktien aber oft hohe Gewinne. Wenn ihr nicht ganz große Börsen-Cracks seid und euch nicht täglich mit Börsenkursen beschäftigen wollt, fahrt ihr mit Aktienfonds besser als mit Einzelaktien.

Fonds

Ein Fonds (auch: Investmentfonds) ist eine Art Sammelbüchse für das Geld vieler einzelner Anleger. Man hat also keine direkten Anteile an einem Unternehmen, sondern Anteile am Fonds. Die Menge macht's. Die Gesamtsumme legen Fondsmanager möglichst gewinnbringend an, und zwar – je nach Ausrichtung des Fonds – in Aktien oder anderen Wertpapieren, Immobilien oder auch ganz gemischt. Es gibt auch so genannte Dachfonds, die wiederum nur Anteile an Fonds kaufen. Der große Vorteil ist, dass ihr nicht selbst Kapitalmarkt-Profis sein müsst, um dort anzulegen. Und ihr erreicht schon mit vergleichsweise geringem Einsatz eine breitgestreute Anlage. Das Risiko wird also gegenüber dem Kauf von Einzelaktien eines Unternehmens viel mehr verteilt und damit geringer.

Die Spielwiese der Fonds ist riesig. Es gibt einige tausend verschiedene Fonds in Deutschland, geschlossene und offene, auf Nordamerika, Osteuropa oder einzelne Länder beschränkte, außerdem auf einzelne Branchen konzentrierte (Branchenfonds). Achtung: Die Tücke liegt oft in den unterschiedlichen Gebühren („Ausgabeaufschlägen“) und Verwaltungskosten der Fonds! Wenn ihr tiefer in die Materie einsteigen wollt, findet ihr im Internet gute Quellen.

LINKS

Informationen nicht nur zu Fonds:

www.vzbv.de/go/themen/3/index.html (Infos zum Thema „Geld und Versicherungen" beim Bundesverband der Verbraucherzentralen)

www.stiftung-warentest.de (Über die Suchfunktion kommt ihr zu einem ständig erweiterten Lexikon der Geldanlagen.)

Kapitallebensversicherungen

Das sind Lebensversicherungen, die Kapital bilden - also auch eine Form der Geldanlage. Informationen findet ihr dazu auf Seite 199.

Tipp

Es gibt keine echte „Schwarze Liste" mit unseriösen Anbietern auf dem Finanzmarkt. Die Verbraucherzentralen sammeln jedoch Meldungen zu schwarzen Schafen. Bei der Bundesanstalt für Finanzdienstleistungsaufsicht (www.bafin.de) könnt ihr zumindest herausfinden, ob ein Unternehmen offiziell am Markt zugelassen ist. Wenn nicht: Finger weg!

Bausparen

Bausparen, der angebliche Inbegriff des Spießertums. Kümmert euch nicht um solche Bewertungen. Wenn ihr einen Bausparvertrag habt oder abschließt, muss es ja nicht jeder erfahren. Der Bausparvertrag hat die Funktion, euch auf dem Weg zum eigenen Heim zu unterstützen. Das Prinzip: Durch das Ansparen einer bestimmten Summe erwerbt ihr einen Anspruch auf ein zinsgünstiges und unkündbares Darlehen von eurer Bausparkasse, das für so genannte wohnwirtschaftliche Zwecke verwendet werden soll. Das kann von der neuen Dusche bis zum Strandhaus alles sein. Unterhalb gewisser Einkommensgrenzen gibt es noch staatliche Zuschüsse obendrauf.

Wer bei Abschluss einen Bausparvertrags zwischen 16 und 24 Jahre alt ist, muss das Geld am Ende nicht zwangsweise zum Häuslebauen nutzen. Das Bausparen kann also auch als reine Geldanlage dienen, die irgendwann einmal (das heißt, nach frühestens sieben Jahren) in ein neues Auto gesteckt wird. Bausparverträge gelten als verhältnismäßig sichere, aber nicht allzu gewinnbringende Anlageform. Wenn ihr euch dennoch dafür entscheidet: Wichtig sind hohe Sparzinsen, eine niedrige Bausparsumme und niedrige Abschlussgebühren. Denn vor allem Letztere sind oft so hoch, dass sie eure Rendite schon wieder auffressen.

Tipp

Ihr könnt euer Geld auf unterschiedlichsten Wegen bunkern und mehren – durch Anleihen und Zertifikate, Währungsspekulationen und Goldbarren, auf den Bahamas oder Schweizer Nummernkonten. Auch Bordeaux-Wein eines guten Jahrgangs kann beachtliche Wertsteigerungen erzielen. Ausführliche Informationen zum Thema Geldanlage bekommt ihr bei eurer Bank (die allerdings vor allem ihre eigenen Produkte verkaufen möchte) und im Internet – zum Beispiel auf den Webseiten der darauf spezialisierten Medien wie Handelsblatt (www.handelsblatt.com), Financial Times Deutschland (www.ftd.de) oder Finanztest (www.finanztest.de).

VERMÖGENSWIRKSAME LEISTUNGEN

Vermögenswirksame Leistungen sind ein Trick, wie ihr aus eurem kärglichen Azubi-Gehalt mehr Geld machen könnt: Euer Arbeitgeber, also euer Unternehmen, hilft euch dabei! Hinter dem Stichwort „Vermögenswirksame Leistungen“ (VL) verbirgt sich, dass zusätzlich zum Gehalt monatlich ein bestimmter Betrag für euch angelegt wird. Abhängig von der Branche, in der ihr arbeitet, können das bis zu 480 Euro im Jahr sein – und auch der Staat legt in manchen Fällen noch etwas drauf. Über die Art der Geldanlage entscheidet ihr. Es gibt sechs Möglichkeiten:

- ➔ Sparplan einer Bank oder Sparkasse
- ➔ Kapitallebens-/ Private Rentenversicherung
- ➔ Bausparvertrag
- ➔ Fonds mit mindestens 60 Prozent Aktienanteil
- ➔ Betriebliche Altersvorsorge
- ➔ Tilgung eines Baukredits, was für euch aber noch nicht in Frage kommen dürfte

Informiert euch gründlich bei Banken und Sparkassen, im Internet und in Fachzeitschriften über die für euch geeigneten Anlagemöglichkeiten. Ob ihr bereits eine Familie gegründet habt, spielt ebenso eine Rolle wie – natürlich – die Höhe eures Gehalts. Bei Aktienfonds und Bausparverträgen gibt es noch staatliche Zuschüsse, die ihr beim Vergleich mit anderen Geldanlagen berücksichtigen solltet. Wichtig: Hört euch nicht nur bei eurer Hausbank um!

Wenn ihr euch beispielsweise für einen Bausparvertrag entschieden habt, dann schließt ihr mit der Bausparkasse einen Vertrag über die Verwendung der Vermögenswirksamen Leistungen ab. Nach Abschluss des Vertrags erhaltet ihr von der Bank eine Bescheinigung. Diese legt ihr dem Arbeitgeber vor und gebt dabei die Kontoverbindung an, auf die eure VL künftig überwiesen werden sollen – in diesem Fall also die Kontoverbindung der Bausparkasse. Wenn ihr nicht wisst, wer in eurem Betrieb der richtige Ansprechpartner für solche Dinge ist: In der Buchhaltung oder beim Betriebsrat fragen!

Wenn ihr wollt, könnt ihr auch von eurem restlichen Gehalt noch etwas drauflegen. So wird mehr angespart als das, was der Arbeitgeber für euch monatlich zurücklegt. Dafür müsst ihr eurem Unternehmen mitteilen, wie viel Geld eures Gehalts zusätzlich in Vermögenswirksame Leistungen „umgewandelt" werden soll. Diese Summe steht euch dann also nicht mehr zur direkten Verfügung. Was das ganze attraktiver macht: Wenn ihr selbst etwas drauflegt, bekommt ihr sogar noch eine „Arbeitnehmersparzulage" vom Staat. Diese staatliche Sparzulage müsst ihr jedes Jahr beim Finanzamt beantragen. Meist schicken die Banken und Bausparkassen automatisch die Antragsformulare. Trotzdem solltet ihr ein Auge darauf haben, denn nach Ablauf der Antragsfrist gibt's nix mehr!

Sechs Jahre lang wird eingezahlt, und ein Jahr wird das Geld zusätzlich „ruhen". Nach sieben Jahren steht es dann zu eurer freien Verfügung, ihr könnt es ausgeben oder weiterhin anlegen.

Tipp

Euer Arbeitgeber ist verpflichtet, euch auf euren Anspruch auf Vermögenswirksame Leistungen hinzuweisen. Tut er das nicht, dürfen euch daraus keine Nachteile entstehen. Wenn ihr selbst es verpasst habt, euch binnen sieben Monaten um diese Anlage zu kümmern, könnt ihr die VL im laufenden Jahr noch rückwirkend beantragen. Seid ihr jedoch schon im zweiten Jahr angestellt, dann sind eure Ansprüche auf das vorangegangene Jahr leider verfallen. Also in den ersten sieben Monaten eurer Ausbildung alles erledigen!

BETRIEBLICHE ALTERSVORSORGE

Die betriebliche Altersvorsorge (kurz: BAV) soll euch dabei helfen, eure „Versorgungslücke“ im Rentenalter zu stopfen. Dabei wird meist ein Teil eures Gehalts in Beiträge für eine solche BAV umgewandelt („Entgeltumwandlung“). Diese Beiträge sind steuer- und sozialabgabenfrei, die Grenze liegt dafür bei derzeit etwa 2.500 Euro. Ihr habt sogar ein Recht auf eine BAV.

Die Alternative zur Entgeltumwandlung: Euer Arbeitgeber zahlt direkt in eure Altersvorsorge ein. Diese Beiträge sind unbegrenzt sozialabgabenfrei, was die Sache für den Chef interessant macht.

RIESTER-RENTE

Die nach dem ehemaligen Minister Walter Riester benannte Riester-Rente soll ebenfalls die gesetzliche Rentenlücke zu schließen helfen, in diesem Fall durch staatliche Zulagen und Steuererleichterungen. Gefördert werden alle, die in der gesetzlichen Rentenversicherung pflichtversichert sind. Sie müssen bestimmte, vom Staat zertifizierte Altersvorsorgeverträge abschließen, um in den Genuss der Förderung zu kommen. Möglich sind Banksparpläne, private Rentenversicherungen und Investmentfonds. Auf die Beiträge in diese Vorsorgeverträge gibt es eine Grundzulage, die jährlich 154 Euro beträgt. Sobald ihr Kinder habt, gibt es eine zusätzliche Kinderzulage. Die ist noch höher als die Grundzulage, denn Familien sollen durch die Riester-Rente besonders gefördert werden. Die Beiträge für Riester-Verträge sind als Sonderausgaben in der Steuererklärung absetzbar.

„Riestern“ lässt sich mittels verschiedener Produkte, etwa einer klassischen „Riester-Rentenversicherung“, einem „Riester-Banksparplan“ oder einem „Riester-Fondssparplan“. Mehrere Banken bieten die Produkte inzwischen an. Bevor ihr euch festlegt: Die Zeitschrift „Finanztest“ ist auch hier wieder ein guter Ratgeber. Sie testet die einzelnen Angebote regelmäßig und erklärt, welche Sparform für wen am besten ist: http://www.test.de/themen/versicherung-vorsorge/test/-Alle-Tests-zu-Riester/1602786/1602786/

DER *gläserne* MENSCH

Das Internet, diese relativ junge Erfindung, ist für euch vermutlich Alltag. Online die Reise buchen, E-Mails an die Freundin im Ausland schreiben, Referate mit Internetquellen zusammenstellen – Normalität. Aber habt ihr auch noch den Überblick, was so alles an Informationen über euch selbst drinsteht? Auch beim täglichen Surfen solltet ihr mal kurz „einen Gedanken an später verschwenden".

Vieles versteht sich ja von selbst: Dass man nicht in jedem Chat und Forum seine Bankverbindung und Handynummer öffentlich machen sollte, ist klar. Aber was ist mit den scheinbar harmlosen Hinterlassenschaften? Den Partyfotos und Saufgeschichten vom letzten Wochenende auf Facebook? Den intimen Bekenntnissen in eurem Weblog? Den – möglicherweise auch berechtigten – Schimpftiraden auf den Deutschlehrer mit seinen Lieblingsschülerinnen im SchülerVZ?

Überlegt euch, ob die so entstehende Internetsuppe nicht später einmal über euch zusammenschwappt. Das Netz weiß auch nach Jahren noch alles über eure Jugendsünden, da können schnell verzerrte Eindrücke entstehen. Selbst wenn ihr noch Zugriff auf diese Infos habt und sie aus dem Netz nehmt: Webseiten wie www.archive.org sammeln Kopien bereits gelöschter Webseiten.

Wenn ihr nicht glaubt, dass euch das alles irgendwann mal peinlich sein könnte, dann überlegt euch einfach mal einen Moment, was ihr vor fünf Jahren so alles cool fandet. Die Musik beispielsweise. Und eure Klamotten. Oh Schreck? Eben.

Das Problem ist dabei nicht, dass niemand von euren revidierten Meinungen und bereuten Exzessen erfahren darf. Man darf sich schließlich ändern und nichts soll euch daran hindern, zu eurem – kompletten – Leben zu stehen. Das Problem ensteht, wenn ihr nicht mehr kontrollieren könnt, wer wann was von euch erfährt – und unter Umständen völlig falsche Schlüsse zieht. Es ist ganz einfach nicht hilfreich, wenn der Personalchef euch beim Vorstellungsgespräch ein Foto zeigt, auf dem eure Freunde gerade einen Eimer Bier über euch ausschütten.

Anfang 2006 hat eine amerikanische Tageszeitung Namen und teilweise auch Adressen von über tausend CIA-Agenten, -Firmen und -Stützpunkten herausgefunden – ausschließlich mit Hilfe von Suchmaschinen wie Google und Datenbanken, die jedermann gegen Gebühr benutzen kann. Mit Fleiß, vor allem aber mit immer ausgefeilteren Suchmaschinen sind vielleicht auch von euch schnell umfassende Profile erstellt. Plötzlich kann jeder sehen, wer eure Freunde sind, wo ihr wie lange gearbeitet habt, wann ihr im Urlaub wart, welche Musik ihr hört und wie glasig euer Blick am Morgen nach der letzten Party war. Wenn euch das alles nichts ausmacht – okay. Das Internet entwickelt sich in Richtung Öffentlichkeit, vielleicht seid ihr also die Avantgarde. Wenn es euch aber zumindest etwas unangenehm ist, dann gewöhnt euch einfach ein kurzes Zögern an, bevor ihr die Maustaste drückt.

Vielleicht sammelt ihr auch schon Bonus- oder Rabattpunkte mit einer Payback- oder anderen Kundenkarte. Eine schöne Sache, denn die Prämien – üblicherweise Wasserkocher und DVD-Recorder – kann man selber brauchen oder der Oma schenken. Aber Achtung: Die Unternehmen vergeben diese Karten nicht aus Liebe, sondern zur Kundenbindung. Sie können außerdem wertvolle Daten über euer Konsumverhalten liefern (unter Umständen sogar verknüpft mit euren persönlichen Daten), die teure Marktforschung ersetzen.

Achtet vor allem darauf, dass das Rabattsammeln euch nicht dazu verleitet, Dinge zu kaufen, die ihr nicht benötigt. Und: Wegen des Tankgutscheins der Tankstelle X fünf Kilometer weiter zu fahren, obwohl die freie Tanke um die Ecke deutlich billiger wäre – das spart nicht, sondern kostet zusätzlich.

Um es nicht zu dramatisieren: Solche Aktionen können euch, sinnvoll genutzt, in der Tat gutes Geld sparen. Wichtig ist nur, dass ihr immer Herr der Lage bleibt. Bewahrt euch ein gesundes Misstrauen, dann kommt ihr gut durch die Höllen des Erwachsenseins. Der Spaß kommt dann von ganz alleine.